Max Schmid, Max Klinger

Klinger

Max Schmid, Max Klinger

Klinger

ISBN/EAN: 9783744606820

Hergestellt in Europa, USA, Kanada, Australien, Japan

Cover: Foto ©Raphael Reischuk / pixelio.de

Weitere Bücher finden Sie auf **www.hansebooks.com**

Künstler-Monographien

In Verbindung mit Andern herausgegeben

von

H. Knackfuß

XLI

Klinger

Bielefeld und Leipzig
Verlag von Velhagen & Klasing
1899

von

Max Schmid

Mit 104 Abbildungen nach Gemälden, Radierungen,
Zeichnungen und Bildhauerwerken.

Bielefeld und Leipzig
Verlag von Velhagen & Klasing
1899

Von diesem Werke ist für Liebhaber und Freunde besonders luxuriös ausgestatteter Bücher außer der vorliegenden Ausgabe

eine numerierte Ausgabe

veranstaltet, von der nur 50 Exemplare auf Extra-Kunstdruckpapier hergestellt sind. Jedes Exemplar ist in der Presse sorgfältig numeriert (von 1—50) und in einen reichen Ganzlederband gebunden. Der Preis eines solchen Exemplars beträgt 20 M. Ein Nachdruck der numerierten Ausgabe, auf welche jede Buchhandlung Bestellungen annimmt, wird nicht veranstaltet.

Die Verlagshandlung.

Druck von Fischer & Wittig in Leipzig.

Max Klinger.
(Nach einer Aufnahme der Hofphotographen A. und J. Naumann, Leipzig.)

Abb. 1. Zierleiste. Zeichnung. Dresden. Königl. Kupferstichkabinett.

Max Klinger.

Max Klinger ist neben Arnold Böcklin und Hans Thoma wohl die bedeutendste Erscheinung der neuesten deutschen Malerei. Wie in der Epoche des Realismus Menzel, Liebermann und Uhde, so sind in der neuen Periode der Phantasiekunst Böcklin, Thoma und Klinger die geistigen Führer, diejenigen, die frei von aller Nachahmung und Nachempfindung fremden Wesens, eine rein deutsche Richtung vertreten.

Deutsch nicht etwa äußerlich, in der Wahl ihrer Themata, sondern deutsch in der Art ihres künstlerischen Fühlens und Denkens. Unter ihnen ist Klinger bei weitem der Jüngste, der erst allmählich den Ehrenplatz neben Altmeister Böcklin sich verdienen mußte.

Natürlich blieb auch ihm, wie jedem über seine Zeit und die platte Alltäglichkeit Hinausstrebenden, eine Periode des Ringens gegen Unverstand und übelwollende Kritik nicht erspart. Wer Neues und Ungewöhnliches in ungewohnter Form sagt und dabei dem durchschnittlichen Tapeziergeschmack der oberen Zehntausend widerspricht, muß das immer erleben.

Für kleine Talente ist es heute und war es stets notwendig, Specialist zu sein, alle Kräfte auf eine bestimmte Technik, auf ein engeres Darstellungsgebiet zu vereinigen, sich vor allem dem herrschenden Geschmack der Masse anzupassen, von der sie ernährt werden wollen. Die Großen in der Kunst haben niemals in solche Fesseln sich schlagen lassen. Ein Giotto, ein Michelangelo waren zugleich Bildhauer, Architekt und Maler, bannten ihre schöpferische Phantasie nicht in die engen Grenzen einer Technik. Das dürfen auch noch heute die wagen, denen die Gedanken reichlich und in tausend Formen zuströmen und die diese Gedanken nach Bedarf einzukleiden wissen in das jeweils angemessene Material.

So gilt es von Klinger. Er verachtet die stereotypen Formen, die ausgenutzten Formeln. Man hat ihm deshalb krampfhafte Originalitätshascherei vorgeworfen. Nun — besser als gedankenloses Hintreten in ausgefahrenem Geleise ist das jedenfalls. Und schließlich — jeder wirklich originelle Mensch wird Feinde und Neider finden, die seine Eigenart eine erkünstelte schelten. Gewiß! — Klinger hat auch gelegentlich fehl gegriffen im Suchen nach dem Originellen. Aber wie viel Großes, Eigenes hat er auch dabei gefunden!

Vor allem hat er sich in der Form frei gemacht von der Tradition, soweit

1*

das überhaupt in unserem, mit der Erinnerung von Jahrtausenden belasteten Jahrhundert möglich ist. Das heißt, von der knechtischen Nachahmung des Überlieferten ist er zur freien dekorativen Beherrschung desselben mit den führenden Geistern unserer Zeit übergegangen. Und diese Richtung auf das Dekorative, wie sie sich heute in der Architektur, dem Hervortreten des Kunstder Natur, der Wirklichkeit, sondern neue Gedanken produzierende Kraftmenschen sind.

Wenn uns Klinger in seinen Werken einen seltenen Reichtum an Phantasie offenbart, die kühnsten Bilder und die tiefsten Gedanken in seiner Künstlerseele wohnen, so ist dem doch in seltener Weise eine reichliche Gabe kritischen Geistes beigemischt. Er ist kein zügelloser Phantast, wie er

Abb. 2. Adam und Eva (Speculum primum). Zeichnung. Dresden. Königl. Kupferstichkabinett.

handwerkes, in der Herrschaft des Stimmungselementes in Malerei und Plastik äußert, darf ja als ein charakteristisches Element der modernen Kunst angesehen werden. Sie beherrscht Klingers graphische Kunst, sie leitet ihn zu seinen vielfarbigen Skulpturen, sie ist das oberste Gesetz in seinen monumentalen Gemälden.

Aber seine Kunst ist nicht nur neu in formaler Gestaltung, sie ist auch neu in der Empfindung, im Gedanken. Wie Arnold Böcklin ist er einer der Gewaltigen, die nicht nur treue und geschickte Nachbildner auch in seiner Lebensführung nichts von genialer Bummelei und behaglicher Lässigkeit zeigt, sondern als ein gegen sich strenger, ungemein fleißiger Arbeiter dasteht, der mit reichster Phantasie unbezähmbare Arbeitslust, zähe Energie in der formalen Ausbildung seiner Gedanken verbindet. Auch ist er kein weltfremder Träumer, keiner, der den Schatten der Dinge und wesenlosen Allegorien nachgeht, sondern ein Beobachter der Wirklichkeit, so scharf, wie nur ein Adolf Menzel das Wirkliche beobachten konnte; wie dieser ist er ein Forscher in der Menschenseele, einer, dem auch die schlichteste Erscheinung der Natur getreulicher Beobachtung wert erscheint.

In seiner äußeren Erscheinung zeigt Klinger, hoch gewachsen und elegant, den Typus des vornehmen Menschen, der, wohlerzogen und weltgewandt, seiner Bedeutung sich voll bewußt, doch jenen natürlichen Adel besitzt, der ihm persönliche Liebenswürdigkeit in zurückhaltender Form zu

Klinger gleicht also nicht dem Bilde, das der Durchschnittsmensch sich von einem Künstler zu machen pflegt. Auch sein Wohnsitz ist weder ein stiller poetischer Winkel, noch ein genial in Wirrwarr gehaltener Prunkraum. Es ist ein geräumiger Arbeitsplatz. Wer, Leipzig verlassend, die langgestreckte Plagwitzerstraße entlang schreitet, an der sich zur Linken und Rechten behäbige und elegante Villen reihen, wird,

Abb. 3. Vertreibung aus dem Paradies. Zeichnung. Dresden. Königl. Kupferstichkabinett.

äußern gebietet. Man hat ihm Menschenscheu nachgesagt, aber mit Unrecht. Er erscheint mehr als ein abgesagter Feind alles unnötigen Verkehres mit Leuten, die ihn innerlich zu fördern nicht geeignet sind, und er ist in der glücklichen Lage, ohne Rücksicht auf äußeren Vorteil mit philosophischer Ruhe die abweisen zu können, die ihm geistig nichts zu bieten vermögen. Ehrgeizig, ohne Streber zu sein, bedeutsam in seiner Erscheinung ohne das Bedürfnis nach Repräsentation, zuvorkommend ohne Aufdringlichkeit, ist er ein echter Vertreter der Aristokratie des Geistes.

weit von der Straße zurückliegend, in den eben emporsprießenden Anlagen eines Gartens einen Wohnhausbau sehen, der sich kaum von den Nachbarhäusern auf den ersten Blick unterscheidet, hinter dem sich aber noch ein Stück Natur, Wasser und Wiesen, der Blick in die Weite erhalten hat. Wer, die Haustür öffnend, das Gebäude betritt, dem stehen zunächst vielleicht Enttäuschungen bevor. Das Treppenhaus ist schlicht und einfach. Nirgends ziehen sich geniale Dekorationsmalereien an den Wänden hin. Aber dem aufmerksamen Beobachter fällt es auf, daß eine feine Linie an der

Wand über die Stufen hingezogen ist, aus der in kurzen Abständen dünne Gräser und Blümlein emporwachsen. Aus solcher kleinen Beobachtung schließt man vielleicht darauf, daß ein Mensch von eigenem Willen und eigener Anschauung hier heimisch ist. Betritt man dann den großen Empfangsraum, so ist man von neuem enttäuscht. Nicht wie in den Ateliers gewisser Modemaler umgibt uns hier jenes Tausenderlei von antiken Stoffen, Renaissancemöbeln, kostbaren Gläsern, Waffen, orientalischen Teppichen und japanischen Bronzen, das den Empfangsraum moderner Künstlerwohnungen so oft wie einen Antiquitätenladen erscheinen läßt. Hier sind die Wände in jenen klaren frischen Farben abgestimmt, die aus den Bildern der Modernen so wohlbekannt sind. Statt fremder Schmuckstücke hat der Künstler stolz und selbstbewußt nur seine eigenen Werke an den Wänden aufgehängt und die geistesverwandter Größen, wie eines Arnold Böcklin. Ein Schritt weiter führt uns dann in einen Riesenraum, das Atelier. Auch hier nichts von gedämpfter Beleuchtung, von überflüssiger Dekoration; das volle klare Tageslicht flutet herein. Hier und dort stehen Staffeleien mit angefangenen Gemälden, mit Studien, mit Entwürfen, einige Schritte weiter ein Modellierbock mit einer lebensgroßen, eben angelegten Thonfigur. Am Fenster auf einer niedrigen Estrade ein Tisch mit Werkzeugen des Kupferstechers und Radierers bedeckt, weiterhin ein prächtiger Flügel, daneben ein halbvollendeter Marmortorso mit den ersten Spuren versuchter Abtönung, Gipsmodelle und Marmorproben, Statuen, Entwürfe und vollendete Gemälde. In diesem Raume arbeitet Max Klinger, der Bildhauer, Maler, Radierer, Musiker und Schriftsteller.

Übrigens reiht sich daran noch ein geräumiges Bildhaueratelier, und dann ein flaches Dache ein Atelier für Freilichtstudien. Kurz, an Raum und mannigfacher Gelegenheit zur Arbeit fehlt es nicht.

Gewiß ist mancher begierig, die Lebensschicksale dieses berühmt gewordenen Meisters kennen zu lernen.

Aber wie die besten Frauen diejenigen sind, von denen am wenigsten gesprochen wird, so könnte man vielleicht auch sagen, die besten Künstlerleben sind diejenigen, von denen am wenigsten zu erzählen ist. Die „interessanten Lebensschicksale" machen ja nicht den Künstler. Das, was er innerlich erlebt, ist wichtiger. Bei großen Künstlern vergißt man über deren Werken das Alltägliche, das äußere Schicksal, da sie in sich selber Schicksal tragen und uns dadurch tief bewegen. Das trifft in hohem Maße bei Klinger zu. Es bildet sich auch sein Talent in der Stille. So kann denn eine Monographie über Max Klinger nichts anderes sein, als eine Interpretation seiner Werke und eine Entwickelung seines Charakterbildes aus diesen heraus. Die äußeren Lebensschicksale dürfen nur kurze Erwähnung finden.

Max Klinger ist am 18. Februar 1857 zu Leipzig geboren. Denjenigen, die das Bedürfnis haben, das Wesen einer Künstlerseele aus äußeren Eindrücken heraus zu erklären, die Raffaels Lieblichkeit auf die Schönheit der umbrischen Landschaft und Michelangelos Terribilità auf das gewaltige politische Leben von Florenz zurückführen müssen, bietet dieser Geburtsort Klingers wenig Anhalt für ihre Theorie. Denn Leipzig ist eine Stadt der nüchternen fleißigen Arbeit, der rauchenden Schlote und der rastlos arbeitenden Maschinen, wenig geeignet, dem Künstlerkinde die Phantasie zu erregen. Als Sohn eines Mannes, der selbst künstlerische Neigungen besaß und dessen äußere Verhältnisse angenehme waren, brauchte Klinger nicht darauf zu denken, sich einen nahrhaften Lebensberuf zu wählen. Und von Kindheit auf mit Zeichnen beschäftigt, schon in seinem zehnten Jahre Bildchen komponierend, hat er und haben seine Angehörigen wohl niemals etwas anderes erwartet, als daß er Maler würde. Unbehindert von den kleinen Tagessorgen, von der täglichen Not, aus der fast die Mehrzahl unserer großen Meister herauswuchsen, hat er von Anfang an frei sich entfalten, seinen persönlichen Neigungen folgen können. Die Schule brachte ihn dann in Besitz jenes Schatzes klassischer Anschauungen und klassischer Bildung, in dem auch diejenigen, die in ihrer Schulzeit wenig Freude an der Form ihrer Darbietung gefunden haben, doch im späteren Leben ein köstliches Erbteil erkennen.

Als Klinger sich entschloß, die Schule

Abb. 4. Straße in Grötzingen. Zeichnung. Leipzig. Museum.

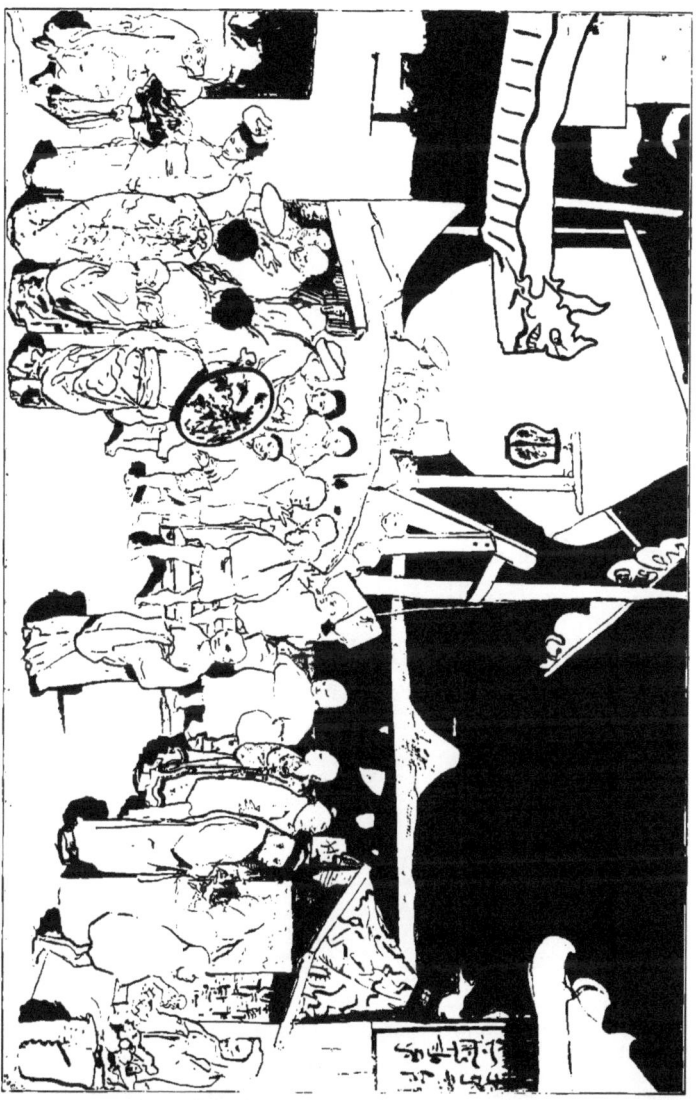

Abb. 5. Japanische Zeichnung. Leipzig. Museum.

zu verlassen, ging er zunächst 1873 nach Karlsruhe, wo Gussow einen großen Schülerkreis um sich zu sammeln begann; ihm folgte er mit vielen anderen dann auch 1875 nach Berlin. Damals schien Gussow in sich das Streben der Modernen, ihre Sehnsucht nach schlichter Wirklichkeit und nach Aufrichtigkeit des Natursehens zu verkörpern. Sein Atelier war das bestbesuchte der Berliner Akademie, und seine Schüler erschienen mir beneidenswert durch das stolze Bewußtsein, das ihnen ihr Meister einzuflößen wußte, der sie ohne akademische Rezeptmalerei frisch zur Natur und Wirklichkeit hinführte. Eine gewisse derbe, etwas unfeine Art zu zeichnen und zu malen, ein grober, aber damals überraschender Realismus herrschte in seinem Atelier. Als Porträtmaler war Gussow dann leider der Liebling der Berliner Geldaristokratie geworden. Gegenüber dem süßlichen und geleckten Pseudoidealismus der übrigen Berliner besaß seine grobe Wirklichkeit ja den Vorzug größerer Naturtreue, aber allmählich geriet er doch selbst mehr als gut unter den Einfluß seiner Auftraggeber, deren Verlangen nach salonmäßiger Glätte Gussows Werke herabdrückte. Dennoch war er ein echtes Lehrtalent, das die Schüler für seine künstlerische Art zu begeistern wußte. Für Klingers wunderliche Zeichenmanier und für dessen ganz absonderliche Art, die Dinge zu sehen und wiederzugeben, hatte er vielleicht nur ein nachsichtsvolles Achselzucken. Er war klug genug, Klinger seine eigenen Wege wandeln zu lassen, und empfand wohl kein besonderes Bedauern,

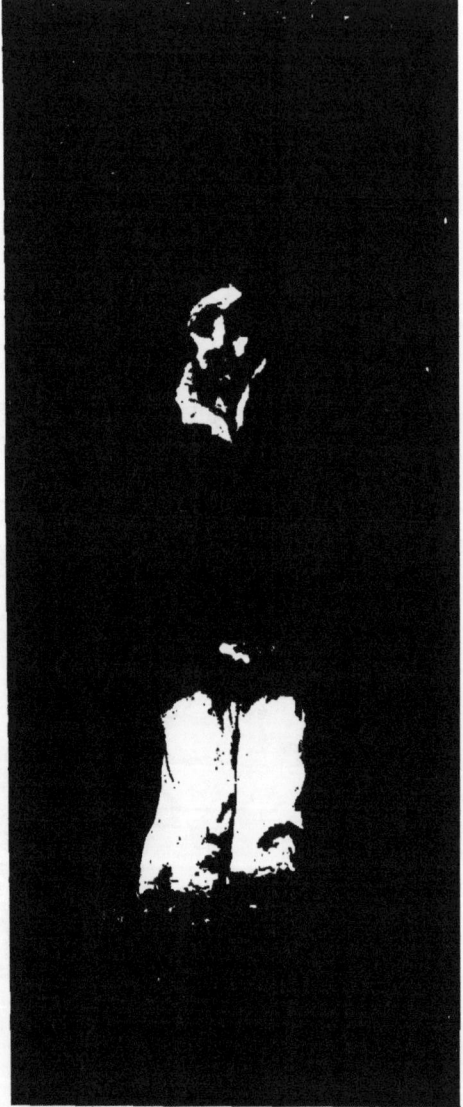

Abb. 6. Knabenbildnis. Tuschzeichnung. Leipzig. Museum.

als dieser endlich 1879 das Atelier und Berlin überhaupt verließ. Immerhin hat

Abb. 7. Spaziergang. Zeichnung. Leipzig. Museum.

Klinger in dieser Zeit einen guten Grund zu seinem späteren künstlerischen Schaffen gelegt, und wenn er auch das Berliner Wesen und die Berliner Kunst Gussow'scher Provenienz später völlig aufgab, so nahm er doch von hier einen Tropfen demokratischer, profaner Anschauung mit, der seiner im Grunde aristokratischen und idealen Natur sehr gesund war.

Vor allem wirkte aber in Berlin Adolf Menzel. Und obwohl er eigentlich niemals Schüler um sich duldete, war er doch der Lehrmeister der ganzen damaligen Künstlergeneration. Der Realismus war ja gerade zur Herrschaft gekommen, von Freilichtmalerei und Impressionismus war in Berlin noch nicht die Rede, selbst Böcklins Fabelgestalten waren noch nicht in den Gesichtskreis der Berliner Kunstjünger gerückt. Anton von Werner war Akademiedirektor, aber der künstlerische Einfluß ging ganz ohne sein Wissen und Willen von Adolf Menzel aus. Jeder strebsame Akademiker suchte es ihm nachzuthun in Treue und Fleiß des Naturstudiums, in gewissenhafter Beobachtung auch des Kleinen und Vereinzelten in der Erscheinung, und aus diesem Streben jene gründliche Kenntnis der Wirklichkeit zu gewinnen, die für die moderne Phantasiekunst die notwendige Unterlage bildet.

Übrigens gab der Aufenthalt im Kreise der jungen Akademiker reichlich Gelegenheit, das Leben kennen zu lernen. Sehr ergötzlich schildert Georg Brandes in seinen „modernen Geistern" die Schar der Mitstrebenden, die sich im fünften Stockwerk des Eckhauses der Hohenzollernstraße um Klinger sammelten. Nach ihren Reden lauter eifrige Nihilisten, Socialisten, Atheisten, Naturalisten, Materialisten und Egoisten. Nach ihren Thaten ehrgeizig, fanatisch, begeistert für ihre Kunst, weißglühend vor Verachtung gegen die Heuchelei, — kurzum jung und begabt. Wenn Klinger auch nicht an dem oft tollen Treiben, an dem Bohémienleben derbster Art, das hier herrschte, vollen Anteil nahm, so that er doch einen Blick in seine Tiefen. Ohne der Geselligkeit sich zu entfremden, blieb ihm aber stets ein Hang zu stillem Fürsichsein, zu eigenem Denken, und seine Genossen glaubten schon damals an seine zukünftige Größe. Jedenfalls war es wichtig gerade für ihn, den Phantasten, daß er mitten in jenem Großstadtleben stand, und

Abb. 8. Strandbild. Zeichnung. Leipzig. Museum.

unleugbar ist seine Anschauung vom Leben auf lange Zeit hinaus stark vom Berliner Lokalkolorit erfüllt, bei aller Phantastik doch realistisch, und vor allem nicht akademisch.

Klinger war Gussow zwar an die Berliner Akademie gefolgt, hatte aber von dieser, abgesehen von Gussows Unterricht, so gut wie gar keinen Gebrauch gemacht. Befremdend wirkt es darum, wenn heute die Berliner Kunstakademie Klinger, dessen ganze Kunst von Grund aus antiakademisch ist, als ihren Schüler reklamiert.

Klinger war von Jugend auf von ungemessenem Schaffenstrieb beseelt. Die Lust am Entwerfen, Skizzieren und Komponieren lag ihm im Blute. Im Dresdener Kupferstichkabinett, das unter der planvollen Leitung von Max Lehrs zur wichtigsten Sammelstätte für Klingers Zeichnungen und Radierungen geworden ist, befinden sich seine frühesten, mir bekannten Zeichnungen. Sie sind der Aufschrift zufolge Neujahr 1875 in Karlsruhe entstanden. Es sind auf dem ersten Blatte die Ureltern der Menschheit im Paradiese dargestellt. Adam hat in einer Muschel einen Trunk sich geschöpft, und Eva benutzt nun diesen primitiven Spiegel beim Flechten ihres blonden Haares (Abb. 2). Daneben sehen wir die Vertreibung des ersten Menschenpaares aus dem Paradiese, während an der Gatterthür der Gartenmauer der Engel Wacht hält (Abb. 3). Eva weint bitterlich, und Adam scheint voll berechtigten Zornes über diese verspätete Reue.

Klingers Jugendstil ist hier noch weich und rundlich, etwas von dem treuherzig lieblichen Wesen der Illustrationen Ludwig Richters erfüllt. Der Gedanke an Originalität scheint noch ebenso fern zu liegen, wie das Bedürfnis nach sorgfältigem Modellstudium.

Letzteres wurde ihm durch ein ausgezeichnetes Formengedächtnis ersetzt. Auch für die Folge verstehen wir seine Schöpfungen nur dann völlig, wenn wir beachten, daß Klingers Phantasie und Gedächtnis oft viel maßgebender für seine Darstellungen sind, als seine Naturstudien. Dieses gute Formengedächtnis ist eben sein Glück und sein Unglück zugleich. Er begünstigt die ungemeine Fruchtbarkeit des Schaffens, läßt ihn schnell über das Stadium der Vorarbeiten zur Durchbildung der Komposition kommen, gestattet ihm den kühnen Flug ins Land der Phantasie ohne ängstliche Rücksicht auf die Genauigkeit des Details.

Es zieht ihm aber auch den scharfen Tadel der Schulmeister zu, die absolute Richtigkeit höher schätzen als Geist und Schönheit.

Aus Klingers Lehrjahren sind ferner zahlreiche Zeichnungen in der Berliner Nationalgalerie, und, dank der Umsicht des Direktorialassistenten Dr. Vogel, im Handzeichnungskabinett des Leipziger Museums erhalten. Sie entstanden in Karlsruhe und Berlin, zum Teil auch während des Militärdienstjahres in Leipzig (1876/77).

Diese Jugendzeichnungen, von denen hier eine kleine Auswahl abgebildet ist, umfassen vorahnend fast den ganzen Kreis von Klingers späterem Schaffen, wie denn auch mancher dieser Jugendgedanken in späteren reifen Werken erst zur Ausführung kam.

Seine Darstellungsart ist dabei keineswegs genial und verblüffend. Im Gegenteil. Er liebt es, mit spitzer Feder fast ängstlich in dünnen Umrissen und mit wenig Schattenlinien die Dinge zu entwerfen und mit getuschten Tönen abzustimmen. Ihm mangelt der sichere Strich des flotten Skizzierers, so geeignet, oberflächliche Beobachtung und mechanische Wiederholung angelernter Formeln zu verbergen. Aber ein Gefühl für zarte Stimmung, für Belebung auch der Nebendinge, für unbefangenes, selbständiges Erfassen der Formeln ist unleugbar. Es steckt etwas von der naiven Unbefangenheit japanischer Malerei in diesen Skizzen, und es ist daher Klingers Freude und Verständnis an japanischen Zeichnungen und Drucken wohl verständlich. Von der Bekanntschaft mit diesen zeugt unter anderen eine humorvolle Zeichnung des Leipziger Museums (Abb. 5), die trotz der Flüchtigkeit der Darstellung und des etwas theatermäßigen Japonismus mit dem Kaufhauskulissen und dem Fudshijamaprospekt doch die Fähigkeit erweist, sich in fremde Welten und Vorstellungen einzuleben.

Zum 3. Dezember 1876 widmete Klinger den Entwurf (Abb. 6), der einen etwas langaufgeschossenen Knaben an ein junges Bäumchen gelehnt darstellt, wohl mit bestimmter symbolischer Absicht.

Abb. 9. Entwürfe. Zeichnung. Leipzig. Museum.

Die Abbildungen 9, 10 u. 11 geben Illustrationsentwürfe, der letztere als Vignette zu den gefühlvollen Versen:

> Un cœur plongé dans la tristesse
> Mon dieu, écoutez les accents.
> Je t'aime, hélas, mais ma tendresse
> S'exalte en soupirs impuissants.

Klinger ist ja stets ein eifriger Verehrer moderner französischer Litteratur.

Eine Cirkuserinnerung finden wir in Abb. 12, dem Bilde einer kühnen Kunstreiterin, während die Darstellung aus Hamlet (Abb. 13) wohl durch Theaterreminiscenzen beeinflußt ist.

Ernster begegnet uns Klinger in einigen Studien, die das Thema vom Tode bereits anschlagen. Am Sterbebett seines Großvaters hat er, nach Vogels Angabe, die Eindrücke empfangen, die der Darstellung eines sterbenden Greises (Abb. 14) zu Grunde liegen. Im Bilde des unerbittlichen Knochenmannes, der das schaudernde und sich sträubende Weib in die dunkle Grube zwingt, scheint er zuerst den Gedanken anzudeuten, der später so ganz anders, so viel großartiger in „Mutter und Kind" (vom Tode II) monumentalisiert wird (Abb. 15).

In diesen und anderen Zeichnungen (Abb. 16—20) wirken, wie es bei einem jungen Künstler selbstverständlich, die verschiedensten Vorbilder. Aber niemals wird er Abschreiber der Originale, immer weiß er sie umzuformen und ihnen ein persönliches Gepräge zu verleihen. Mochten auch weiterhin Dürers innig empfundene Darstellungen, Alfred Rethels düster phantastische Holzschnitte, die Antike und die französische Moderne, japanischer Naturalismus und Böcklins Phantasieschöpfungen ihn begeistern, überwältigen ließ er sich nicht. Er hielt Umschau unter all' dem Großen und Schönen und blieb doch sich selbst treu.

Früher als andere angehende Künstler fand Klinger den Mut, vor die Öffentlichkeit zu treten, schon im Jahre 1878. Damals brachte er sein erstes, 1877 entstandenes Ölgemälde „Spaziergänger" auf die große Berliner Kunstausstellung (Abb. 21). In jenem Barackengebäude auf der Museumsinsel, das damals der Berliner Kunst geweiht war und neben manchem Guten auch eine Fülle von Mittelmäßigkeit barg, erschien das kleine Bild als eine aufsehenerregende That. Und doch stellte es nur eines der landläufigsten Ereignisse des Polizeiberichtes dar: Draußen in der Vorstadt, wo nach dem großen Krache so viele Häuserruinen standen und so viele mittellos gewordene Existenzen ihr fragwürdiges Dasein fristeten, sieht ein von einem Ausfluge vielleicht heimkehrender Jüngling sich plötzlich von Bassermannschen Gestalten umringt. Verloren spielen sie mit ihren Knüppeln und suchen Steine als Wurfgeschoß. Jener, der den Ernst der Lage erfaßt hat, sucht Deckung, indem er sich mit dem Rücken gegen die rote Ziegelmauer stellt und in der Rechten den Revolver spielen läßt. So stehen sie erwartungsvoll einander gegenüber. Keiner der Strolche wagt als erster sich dem Revolver zum Ziele zu bieten, für den Jüngling aber ist die Situation, fern von menschlicher Hilfe, äußerst fatal. Heute noch ist mir der Ein-

Abb. 10. Ein altes Lied. Entwurf. Leipzig. Museum.

Abb. 11. Illustrationsentwurf. Leipzig. Museum.

druck jenes kleinen Bildes auf das lebhafteste in der Erinnerung. Die krasse Gussowsche Realistik in der Auffassung und Farbe kam hier zum Vorschein, ein Zug von so energischer Wirklichkeit, lebendiger Beobachtung und prägnanter Erfassung des Momentes, daß es dem Gedächtnis gar nicht wieder entschwinden konnte.

Wer freilich allein aus diesem Gemälde sich ein Bild von der Kunst Klingers machte, erhielt einen sehr unvollständigen Eindruck. Er konnte nicht ahnen, welche Fülle von poetischen Gedanken und Einfällen diesem scheinbar so nüchternen Beobachter unablässig zuströmten, schneller, als der Stift sie festzuhalten vermochte. Aber wenige Schritte weiterhin konnte man auf derselben Ausstellung eine Folge von acht Federzeichnungen des Künstlers finden, die dem engeren Kreis derjenigen, die solche anspruchslose Entwürfe würdigten, das Auftauchen eines neuen Sternes am Himmel deutscher Kunst verkündeten.

„Ratschläge zu einer Konkurrenz über das Thema Christus" hatte Klinger die Folge benannt. Wirklich war sie auch 1877 und 1878 ursprünglich für einen Kollegen, der an einer Konkurrenz um das Thema „Christus" arbeitete, als „Ratschlag" entworfen, nicht ohne persiflierende Absicht bei einzelnen Blättern. Aber von ihnen darf das Wort gelten: „Der gute Mensch in seinem dunklen Drange ist sich des rechten Weges wohl bewußt." Wie die Blätter jetzt vereinigt vor uns liegen, erscheinen sie als eine großartige Predigt über dieses unerschöpfliche Thema, als ein fest in sich gefügter Cyklus, geistvoll eingeleitet und großartig abgeschlossen, als eine unzerstörbare Einheit, trotz der Lockerheit des Zusammenhanges. Und die Absicht der Persiflage, wenn sie wirklich vorwaltete, tritt zurück gegen die geistreiche Art, wie das Thema neu und in ganz selbständiger Auffassung behandelt wurde. Füglich kommt es ja bei jedem Kunstwerk nicht allein auf das an, was der Künstler bei der Schaffung desselben zunächst wollte, sondern auch auf das, was vielleicht unter dem Zwange bestimmter Anschauungen endlich daraus entstand. Ein geistig hochstehender Zeichner wird oft mehr aus einem unbestimmten Gefühl als nach strengem Plane Scenen herausgreifen und zusammenreihen, die uns als Beschauer, eben weil sie durch geniale Intuition entstanden sind, als wohldurchdachte Folge erscheinen.

Wenn Klinger als erstes Blatt den Abschied Christi von den Seinen gibt in dem Momente, da der Herr seinen schweren Lebensgang anzutreten beginnt, so will es uns bedünken, als sei mit Weisheit hier jede Erinnerung an die Kindheit des Propheten von Nazareth vermieden. Wie wenig trägt im Grunde genommen Christi Kindheitsgeschichte zur Kenntnis der geistigen Bedeutung des Heilandes bei!

So beginnt Klinger mit dem entscheidenden Schritte, da Christus seine Familie verläßt, um der Menschheit sich zu weihen. Ein Stück Weges haben die Frauen ihm noch das Geleit gegeben. Jetzt, da sie sehen, daß sein Entschluß unerschütterlich, sinken sie wehklagend zusammen. Schon im Gehen wendet Christus nochmals sich ernst zu ihnen zurück; die mageren, verhärmten Züge zeigen, mit welchem Ernst er sich für seine große Reise vorbereitet. Und der Weg, die Landschaft, die so öde und steinigt vor ihm liegt, scheint wie ein Symbol des

Lebensweges, den er von nun an schreiten will, dieses Dornenpfades des Predigers in der Menschheit Wüste.

Das zweite Blatt ist betitelt: „Vor der Bergpredigt": Eine kahle Höhe am See streckt sich vor uns empor. Christus und die Apostel wandeln hinauf und hinter ihnen ein Getümmel von allerhand Volk, Bettlern und Krüppeln, Armen und Elenden. Wie überall, wo etwas los ist, scheinen auch hier eine Anzahl Kinder den Zug johlend begleitet zu haben. Ein Bube, der allzu naseweis an Christus und sein Gefolge herandrängte, hat sichtlich den Zorn eines Apostels, vielleicht Petri, erregt, der ausholt, um ihm die wohlverdiente Maulschelle zu verabfolgen, an welcher gerechten Züchtigung ein anderer Apostel den Eifrigen hindert. Aus dem Gefolge dreht noch im Vordergrunde einer sich zurück und scheint, den übrigen zurufend, sie zum Mitgehen aufzufordern. Das nächste Blatt trägt die Überschrift: „Nach der Bergpredigt." Wir sehen dieselbe Landschaft, dieselben kahlen Höhen, aber die Menschheit ist wie verwandelt. Langsam schreitet Christus herab vom Berge, einsam — kein Getümmel der Nachfolgenden umgibt ihn mehr. Erschüttert und tief bewegt, wortlos und regungslos sind sie da oben sitzen geblieben, ein jeder an der Stelle, wo er des Meisters Worte vernahm. Prall scheint die Sonne, scharfe Schatten von den Gestalten aus werfend. Es liegt die Glut in stummer Ruhe über dem Bilde. Christus aber wandelt stille herab, einer nach dem anderen schließen sich die Apostel sich an. Sonst wagt keiner sich vom Platze zu rühren. Selbst den römischen Kriegsknecht, der wohl von weitem den Worten gelauscht hat, packt die Ehrfurcht in dem Momente, da der Herr vorüberwandelt, und mit ehrerbietigem Gruße bleibt er stehen. Nur im Vordergrunde scheinen ein paar Pharisäer entrüstet und unwillig eilig sich davonzumachen. Großartig ist der Gegensatz. Auf dem ersten Blatte Getümmel, Hast, Unruhe, eiliges Aufsteigen, auf dem zweiten stille Feierlichkeit, leises Dahinschreiten. Klinger versucht gar nicht jenen schönen, wohlgesalbten und lieblichen Christus zu schildern, den besonders die moderne christliche Kunst so weichlich und weibisch vorführt. Keine schön gelegten Falten, keine anmutigen Gestalten, nur armes, elendes Volk, wie es um den historischen Christus wohl in der That versammelt war.

Das nächste Blatt, das die Erweckung einer Toten, vielleicht ist an Jairi Töchterlein gedacht, darstellt, hat in dem Staunen und Schrecken der Umstehenden bei Beobachtung des Wunders einen Zug Rembrandtscher Eigenart. Kräftig ist auch die Empfindung in der Darstellung des Zinsgroschens, ganz besonders hervorragend aber die Verspottung Christi. Wie elend, jämmerlich und zerschlagen, und doch wie großartig thront Christus hier inmitten der Peiniger! Und welch' wundervollen Typus aus dem römischen Beamtenleben bildet der lange, hagere Römer dort an der Säule, der sich so scharf gegen den hellen Himmel abzeichnet! Auf der Kreuzigung erinnert das tobende Volk uns an Rembrandts „Ecce homo", die scharfen semitischen Typen aber an Menzels zwölfjährigen Christus im Tempel. Großartig steht das Bild des Erlösers dann auf dem Schlußblatte, aus der Vorhölle die Elenden befreiend und damit in der That die Mission erfüllend, zu der er auf jenen ersten Blatte die Seinen verließ. Christus der Prediger, Christus der Lehrer und Wunderthäter, Christus der Leidende und Christus der Erlösende sind in diesen wenigen Blättern so vorgeführt, wie sie dem modern empfindenden Menschen sich darstellen. Frei von traditionellen Formen, von Weichlichkeit und Süßlichkeit, aber groß, ernst, begeistert und auch im Leiden erhaben wird der Herr geschildert, dramatisch die Scenen entwickelt und in aller Großartigkeit der Schilderung doch die historische Wirklichkeit in vollstem Umfange gewahrt. Wunderbar, was hier ein Zwanzigjähriger an Größe des Denkens, an Kühnheit des Schaffens uns bietet.

Übrigens befinden sich im Leipziger Museum noch einige Entwürfe, die inhaltlich und auch ihrer zeitlichen Entstehung nach hier anzureihen sind. Vor allem „Christus vor dem Hohenpriester" (Abb. 22), wobei die Gruppe der Christus verdammenden oder verächtlich betrachtenden Juden meisterlich erfunden ist. Die Predigt Johannes des Täufers in der Wüste (Abb. 23) ist voll scharfer Realität. Die drei mehr charakteristisch als lieblich gebildeten Zuhörer am Rande des einsamen Wüstenweges, der

Abb. 12. Kunstreiterin. Zeichnung. Leipzig. Museum.

mit orientalischer Lebhaftigkeit gestikulierende Prediger Johannes, wie sind sie in der scharfen Sonne des Südens hart und erbarmungslos geschildert — und wie bezeichnend sind sie für jene, von Menzelschem Realismus erfüllten Jugendjahre Klingers. Wer hätte damals glauben mögen, daß dieser Zeichner einst das ideale Bildnis Christi im Olymp schaffen würde? Ist doch selbst die Kreuzabnahme (Abb. 24) mehr durch die Kühnheit merkwürdig, mit der die Komposition abgeschnitten, die Typen gezeichnet wurden, als durch den idealen Gehalt.

Diese erste cyklische Darstellung, wie durch Zufall entstanden, blieb Entwurf. Aber die Erkenntnis von dem künstlerischen Werte solcher Cyklen führte naturgemäß dazu, daß er es nicht bei der Zeichnung beließ, sondern dieselbe durch Übertragung auf die Kupferplatte vervielfältigte. Mit Verdruß freilich mußte er später bemerken, daß die Systematiker der Kunstkritik seinen genialen Gedanken oft deshalb weniger Wert beilegten, als dem simpelsten, geistlosesten Stilleben, weil sie nur radiert, das Stilleben aber in Öl gemalt war. Und vor dem Menschen, der sogar in Öl malen kann, hat bekanntlich auch das jüngste Pensionsfräulein unermeßlich mehr Hochachtung als vor dem „Zeichner".

Diese Erkenntnis hat später Klinger auch die Feder in die Hand gedrückt zu einer Entgegnungsschrift, betitelt: „Malerei und Zeichnung", in der er die Künstlerradierung als jeder anderen Technik gleichwertig hinstellt. Die geistreich geschriebene, an eignen Gedanken so reiche Schrift erfindet für die Wiedergabe eigener Entwürfe durch Zeichnung, Stich u. s. w. den Begriff Griffelkunst, der sich auch wirklich einzubürgern beginnt. Klinger hat recht mit der Behauptung, daß Stich und Radierung, wie übrigens auch Lithographie und Holzschnitt in unserem Jahrhundert fast ausschließlich zur Reproduktion fremder Gedanken in Gebrauch waren. Fast immer wurden sie nur da angewandt, wo aus irgend welchem Grunde die kostspieligere Darstellungsweise durch Malerei oder Plastik versagt blieb, und demgemäß hatten sie auch technisch möglichst das Gemälde zu ersehen versucht. Klinger aber will die Griffelkunst wieder zum adäquaten Ausdruck gewisser, nur in dieser Form auszusprechenden Gedanken machen, solcher Gedanken, welche die volle Deutlichkeit des ausgeführten Ölbildes nicht vertragen, die auf die Phantasie wirken sollen und daher eine freiere, der Phantasie des Beschauers die Ergänzung überlassende Form brauchen. In diesem Sinne war eben seine Griffelkunst nicht anderen technischen Verfahren untergeordnet, sondern vollständig gleichwertig. Nur die Anhänger schablonenhaften Kunsturteiles konnten und können heute noch das leugnen.

Klinger ging mit Begeisterung daran, sich diese Ausdrucksform zu eigen zu machen, zu einer selbständigen Sprache auszugestalten. Unter Sagerts Leitung hatte er das Radieren, d. h. das Ätzen von auf der Kupferplatte vorgeritzten Zeichnungen erlernt. An Vorbildern fehlte es nicht. Menzels Radierversuche waren ihm wohl bekannt, Rembrandts großartig malerische Blätter standen ihm in öffentlichen Sammlungen vor Augen. Dann lernte er den kapriciösesten und leidenschaftlichsten aller Radierer, Francisco Goya, in seinen Werken kennen. Grade Goyas malerische Handschrift mußte ihn reizen, diese Verbindung prickelnder Aquatintaonflächen mit flüchtig hingeworfenen Radiernadelstrichen.

Nun treibt es ihn, die neuerlernte Kunst auch an seinen eigenen Entwürfen zu erproben. So greift er denn aus der Fülle von Jugendentwürfen diejenigen heraus, die als Radiervorlage geeignet erschienen, und vereinigt sie, ohne Rücksicht auf inhaltliche Beziehungen. Sie wurden in den Jahren 1878 und 1879 geätzt und unter dem Titel „Radierte Skizzen" als Opus.I herausgegeben. Sieben Originalzeichnungen bewahrt jetzt das Leipziger Museum. Die ersten Abdrucke erschienen 1878 im Verlag von Alexander Danz in Leipzig, andere 1879 in Brüssel bei B. Bouwens mit französischem Titel. Es ist vergnüglich, diese mit leichter Nadel radierten und zum Teil in Aquatintamanier geätzten Blätter zu betrachten.

Da finden wir eine zierliche Nixe, die ein Tambourin schwingt und auf schlankem Rohr sich in den Lüften schaukelt. Das alte lüsterne Krokodil, Klingers Symbol für das ihm feindliche Philistertum, streckt den bösartigen Kopf aus dem trüben Gewässer vor und glotzt dummdreist nach dem unerreichbaren Kobold Phantasie. Am Nachthimmel steht die riesige Mondscheibe. sunken, ein Knabe (Abb. 25), noch in kurzen Höschen, aber mit dem Ernste des frühreifen Jungen. Vielleicht ein Er-

Abb. 13. Hamlet und der Geist. Zeichnung. Leipzig. Museum.

Die Aquatintatechnik macht dem Künstler offenbar noch Schwierigkeiten.

Am Waldessaum sitzt still schreibend oder zeichnend, ganz in seine Arbeit ver- innerungsbild an Klingers eigene Jugend.

Zwei fette Hummern haben es sich bequem gemacht, wie ein paar Feinschmecker, die in Beschaulichkeit der Verdauung

Abb. 11. Sterbender Greis. Zeichnung. Leipzig. Museum.

pflegen. Der eine hält träumerisch den abgeknabberten Fischschwanz zwischen den Scheren.

Im Grase hingestreckt liegt (Abb. 26) ein junges Geschöpf, schlank und zierlich, wie die Bäumchen, die aus dem feinen Grase ihre lichten Stämme mit dem fein verästelten Astwerk emporrecken. Gerade in solchem scheinbar inhaltslosen Blatte gab Klinger früh sich selbst zu erkennen. Nichts Unwahres, nichts künstlich Komponiertes duldete er, den flüchtigen Natureindruck in seiner höchsten Schlichtheit, wie er ihn an sonnigem Frühlingstage vielleicht erfreut hatte, hielt er fest. Das Mädchen brauchte keine kunstvolle Aktstellung anzunehmen, nicht die Rundung des Busens und das Schwellen der Hüften zu präsentieren, um „bildmäßig" zu wirken. Die Stämme im Hintergrund wurden nicht zur wirkungsvollen Gruppe vereinigt, auch unbelaubt durften sie sich porträtieren lassen. Aber das helle Licht, die Zartheit des Vorfrühlingstages kam in Landschaft und Figur gar anziehend zum Ausdruck. Mehr sollte nicht gesagt werden.

Auf der Schaukel (Entwurf, Abb. 27) sitzt ein Geier, während auf der anderen Seite sich ein loser, neckender Elf niedergelassen hat und mit seinem Schaukeln den Vogel zu seinem Verdruß in ewiger Bewegung erhält, der mit schwerfälligem

Flügelschlag das Gleichgewicht zu bewahren und den Elf zu erreichen sucht. Und daneben gleich auf dem folgenden Blatte „Der sterbende Wanderer", ein schauerliches Todesbild: Ein Mann, der, auf der Karawanenstraße dahinschreitend, vor Erschöpfung und Durst zusammengebrochen ist. Schon sinkt das Haupt matt hintenüber und sein erlöschender Blick fällt auf den Aasgeier, der mit fürchterlicher Zudringlichkeit neben ihm sich niederließ, gierig den Moment erwartend, da sein Opfer den letzten Atemzug gethan. Welch grauenhafte Phantasie, welcher Gedanke, daß der Blick des Verderbenden und Sterbenden auf nichts als auf seinen eigenen Totengräber, auf jenes scheußliche Geschöpf fällt, das den kaum erkalteten Leichnam zerfleischen wird.

Dann eine Japanerin, im Grase hingestreckt, mit einem schwarzen Panther tändelnd, während im Hintergrunde der aus japanischen Holzschnitten so wohlbekannte Schneeberg Fudshi seine schön geformten Gipfel emporreckt. Und neben diesem friedlichen Bilde aus dem poetischen Ostasien ein friedloses aus der modernen Kulturwelt; ein flüchtender Arbeiter, von drei Genossen verfolgt, vielleicht ein Streitbrecher, dem die roten Gesellen an den Hals wollen und der in Todesangst dahinflieht. Klinger hat hier der ostasiatischen Idylle das Drama modernen Kulturlebens

Abb. 15. Der Tod. Zeichnung. Leipzig. Museum.

entgegengestellt. Die schlüpfrige Nässe der tief ausgefahrenen Landstraße ist schon recht glücklich wiedergegeben. Eine andere Platte, die den vom Throne gestürzten Herodes wiedergab, befriedigte ihn dafür so wenig, rück, die uns heute bedeutend genug für die Radierung erscheinen würden und für die Vielseitigkeit seines Künstlerempfindens zeugen.

Unter diesen Jugendentwürfen, davon

Abb. 16. Eine Vision. Zeichnung. Leipzig. Museum.

daß er sie nach wenigen Abzügen zerstörte (im Museum in Leipzig zwei Abzüge erhalten, datiert 1878). Mit diesem kleinen Sammelwerk der radierten Skizzen hat Klinger sich eine Anzahl Jugendentwürfe sozusagen künstlerisch vom Herzen geschafft. Aber genug blieben noch in seinen Mappen zu= eine Anzahl sich in der Königlichen National= galerie zu Berlin befindet, sind einige anmutige Entwürfe zur Illustration einer klassischen Anthologie Emanuel Geibels. Leider unterblieb die Ausführung derselben, und nur die erhaltenen Bruchstücke zeigen, mit wie viel frischer Laune und attischer Grazie

Klinger die kleinen Rahmenzeichnungen zur antiken Dichtung ausgeführt hätte.

Wer nach den Zeichnungen zum Thema Christus in Klinger einen zukünftigen Historienmaler erwartet hatte, der mußte erstaunt sein, an anderer Stelle im gleichen Jahre 1878 eine Folge von Entwürfen ausgestellt zu finden, die er 1880 radierte und ein Thema in sich auszuspinnen. Während der Durchschnittskünstler oft Mühe hat, für einen Gedanken auch nur eine reife Form zu finden, scheint es anderen schwer zu fallen, sich mit einer solchen zu begnügen. Das sind die begnadeten, denen die Natur die Gabe des Fabulierens in die Wiege legte, nur daß sie je nach dem Charakter

Abb. 17. Mädchen am Ufer. Zeichnung. Leipzig. Museum.

als Cyklus herausgab unter dem Titel: „Paraphrase über den Fund eines Handschuhs" zehn Blätter, komponiert und radiert von Max Klinger, Op. VI. Die zweite Ausgabe erschien schon 1882.

Der Cyklus war stets die Ausdrucksform der Künstler, deren reichquellende Phantasie ihnen gestattet, einen Gedanken vielfältig zu variieren, der Denker und Dichter unter den Malern, die es lieben, und dem Gedankenkreise sich verschieden äußert. Cornelius glaubte, seine Cyklen unter die Herrschaft des großen Hauptgedankens stellen und aus ihm in strenger Folge die Unterteile und die Einzelscenen in gleichen Proportionen entwickeln zu müssen. Alle Glieder sollten möglichst miteinander korrespondieren und gleichwertig sein, jedes groß, erhaben, majestätisch. Anders empfindet Rethel, der Dramatiker, der in seinen Cyklen langsam und allmählich zum dramatischen Höhepunkte führt, in seinem Hannibalszuge mit der Vorgeschichte beginnt und mit dem Anblick des gelobten Landes Italien das vielgeprüfte Heer vor unseren Augen entläßt. Oder im Totentanze von Stufe zu Stufe mit immer steigendem Effekte zur Höhe aufsteigt und in der Art des Volksliedes mit einer Moral abschließt. Klinger ist moderner, bizarrer, launischer. Er liebt einen aphoristischen Nietzscheſtil oder, musikalisch gesprochen, das Anschlagen eines Themas, dem er ein Vorspiel vorausschickt, das er dann mannigfach variiert, abschweifend unterbricht, um schließlich, meist höchst dramatisch oder auch leise verklingend, das Thema zu Ende zu führen. Seine Cyklen sind ernste Plaudereien, sprungweise mit mancher Abschweifung vorwärts schreitend, bald kosend und neckend, bald auffahrend und zürnend, bald satirisch höhnend. Ein Meer von Empfindungen wogt unruhig in diesen Gedankenfolgen.

Jene Geschichte eines Handschuhes ist nichts als die poetische Umschreibung eines an sich geringfügigen Erlebnisses, eines Traumes, den er sich, ähnlich wie Goethe das zu thun pflegte, vom Herzen dichten wollte. Es ist eine Liebesgeschichte, aber nicht im Gartenlaubenstile, nicht von jener platten Deutlichkeit, mit der erzählt wird, wie zwei Menschen nach einigen Hindernissen sich endlich kriegen. Es ist vielmehr eine zarte Umdichtung eines Ereignisses aus jenem Gebiete, das Jean Paul als holde Jugendeselei bestimmte.

Auf einer Rollschuhbahn in Berlin W. erblickt ein junger Künstler, in dem wir unschwer Klinger selbst erkennen, eine besonders auffallende und elegante fremdartige Schönheit. Da diese Dame absichtlich oder zufällig ihren Handschuh verliert, nimmt der Jüngling ihn auf, um ihn in seiner Brusttasche zu bergen und als duftige Erinnerung an ein schönes Frauenbild mit sich triumphierend davonzutragen. Vielleicht hätte die schöne Verliererin einen ganz realen Abschluß dieser kleinen Episode zugelassen, aber dann wäre es kein Künstlertraum gewesen und kein radierter Cyklus geworden. Es genügt ihm ja, irgend etwas zu besitzen, das durch die Berührung der heimlich Verehrten geweiht ist, und sei es nur ein Handschuh.

Nachts im Bett sitzend, legt er ihn vor sich nieder und, von träumerischen Empfindungen übermannt, berauscht vielleicht von dem zarten Parfüm, den das elegante Leder ausströmt, trägt die Phantasie ihn hinüber in das Traumland (Abb. 28). Eine zarte Frühlingslandschaft scheint sich vor ihm auszubreiten, junge Stämmchen in frischem Laube wachsen hinter dem Handschuh, ihn beschattend, empor, und in der wonnig stillen Landschaft sprießt alles wie zarte junge Liebe.

Aber die Landschaft weitet sich, der kleine Bach wird zum Strome

Abb. 18. Schreibendes Mädchen. Zeichnung. Leipzig. Museum.

Abb. 19. Landschaft. Studie. Berlin. Nationalgalerie.

und zum Meere, die Fluten tragen den Handschuh davon, und wie der Träumende im Schlafe irrend nach ihm tastet, erscheint er sich selbst als der Jüngling am Meeresstrande, der angstvoll nach dem Handschuh angelt.

Doch dieser wunderbare Handschuh hat mehr Eigenleben, als sonst leblose Dinge zu besitzen pflegen. Auf hohen Wellen zieht er als Symbol der Liebe triumphierend heran, auf einem Muschelwagen, von Seepferden gezogen.

Und wie von unsichtbarer Hand wird der Handschuh, riesengroß wachsend, an eine Felswand im Meere angelehnt und als eine verehrungswürdige Gestalt emporgerichtet. Ein Felsblock liegt vor ihm, glatt wie die Fläche eines Altars, schlank gestielte, antike, hohe Lampen erscheinen zu beiden Seiten, und das Meer selbst huldigt dem Symbol der Liebe, denn die unablässig heranrollenden Wogen scheinen statt des weißen Gischtes Rosen heranzuwälzen und in Ergebenheit den Fuß des Altares küssen zu wollen.

Aber das Meer steigt und schwillt, unruhiger und lastender werden die Träume. In des Schlafenden Kammer gurgelt die Flut, bis zum Bette steigt sie empor und wälzt sich durch das enge Zimmer. Wie ein sturmgeblähtes Segel steht der Handschuh, den Mond halb verhüllend, zu seinen Häupten, angstvoll wälzt sich der Träumer an die Wand hin, boshaft und höhnisch tauchen Nix und Nöck aus den Fluten und zerren an ihm und weisen hin auf eine fremde Faust, die den geliebten Handschuh über ihre profanen Finger zu zwängen scheint.

Die Flut verrauscht, die Verwirrung glättet sich, und plötzlich liegt feierlich auf dem Marmortisch eines Gemaches wieder der Handschuh vor uns und unzählige Riesenhandschuhe hängen dahinter, wie eine Schutzmauer ihn umgebend. Doch was ist das? Unter dieser Wand hindurch scheint tückisch, seinen gräßlichen Kopf herausreckend, ein Untier das köstliche Besitztum zu bedrohen. Und wirklich fährt der Drache auf das Heiligtum zu, packt es mit seinen schneidenden Kiefern und die häßlichen Fledermausflügel ausspreizend, schießt er schnell, wie der Fisch durch die Fluten, so geradeswegs durch die Fensterscheiben hinaus in die stille Nacht (Abb. 29). Angstvoll springt der Liebende empor, und wir sehen noch, wie durch die zersplitterten Scheiben sich seine nackten Arme vergeblich dem Untiere nachrecken.

Das war der letzte Stoß, der auf sein Herz geführt wurde. Dann endlich fand das müde Haupt Ruhe in den Kissen, und

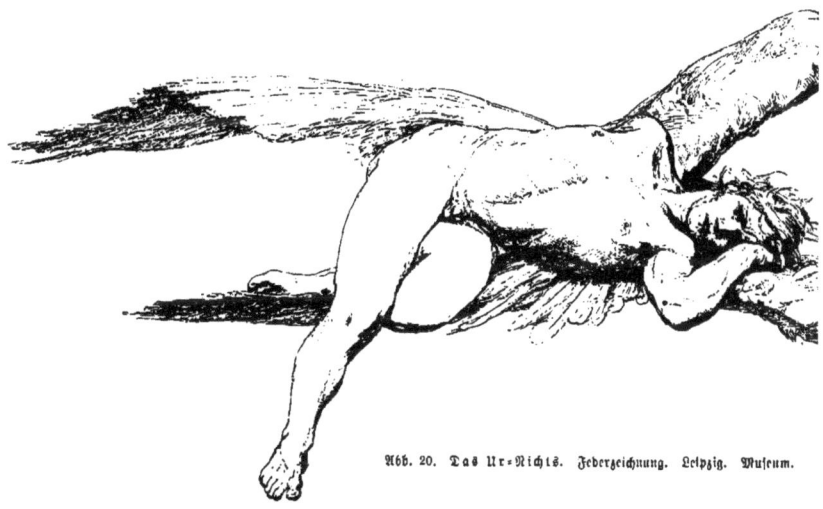

Abb. 20. Das Ur-Nichts. Federzeichnung. Leipzig. Museum.

als er des Morgens erwacht, liegt der Handschuh neben dem Bette auf dem kleinen Nachttischchen, Amor kauert neckend dabei, und alles war nichts als ein böser, wilder, seltsamer und erschreckender Traum.

Aber in der nervösen Künstlerseele zittert eben dieser Traum nach. Erinnerung auf Erinnerung taucht auf und wird auf das Papier geworfen, und nochmals spielt das Herz mit all den Schrecken und Freuden, und im süßen Bewußtsein der Liebessehnsucht, jener zarten und diskreten Leidenschaft, die noch das Weib selbst nicht begehrt, nur ein Halstuch und nur ein Strumpfband seiner Liebeslust ersehnt, spielt er zaghaft und schüchtern mit seinem Empfinden.

Ehe dies Meisterwerk eines Künstlertraumes auf Kupfer geätzt wurde, trat er noch mit anderen radierten Cyklen hervor.

Zunächst mit einem Schelmenwerke, den „Rettungen Ovidischer Opfer" (Op. II), dessen erste Ausgabe mit französischem Text im Oktober 1879 in Brüssel erschien und dem Andenken Robert Schumanns geweiht war. Als ob er sich für die Mühsal hätte rächen wollen, die ihm Herr Publius Ovidius Naso mit seinen Metamorphosen auf der Schulbank verursacht, gibt Klinger eine neue, vermehrte und verbesserte Auflage derselben heraus, worin er zeigt, wie sich jene Opfer göttlicher Verwandlungskünste klüglich aus der Affaire hätten ziehen können, statt als Blumen, Bäume und dergl. in der Nachwelt fortzuleben.

Das erste Titelblatt zeigt in seinem Architekturrahmen eine köstliche Landschaftsidylle, üppigen Baumwuchs, aus dunkler Meeresflut aufragenden Fels und darüber die giebelbekrönte Säulenhalle des Aphroditetempels. Das Bildnis der Göttin im Vordergrund ist mit Rosen bekränzt. Sie lächelt stillselig, eilt doch Klinger ihr zu Hilfe, um die von Ovid unglücklich gemachten Liebenden zu retten vor der Metamorphose. Hinter ihr, am Rande des Weihers, belauscht ein Jüngling, im Schilfe verborgen, die zum Bad sich entkleidenden Nymphen. Das Blatt ist von antiker Grazie und attischer Zartheit erfüllt, ohne eine Spur des trockenen akademischen Klassicismus, der so lange als echte Nachempfindung der Antike galt, und versetzt uns in jene glückliche heitere Stimmung, die bei Betrachtung des folgenden Bildes zu herzhafter Fröhlichkeit sich steigern soll.

Aber zuvor eine ernste und feierliche Scene, die Anrufung. Klinger beschwört den Geist der antiken Dichtung (Abb. 30). Feder, Tuschnapf, Zeichenkohle und Papier sind säuberlich auf den Tisch gelegt. Aber sie bleiben unberührt, kein glücklicher Ein-

fall will kommen. Schon
ist eine der Kerzen auf dem
Leuchter herabgebrannt,
der, nebenbei bemerkt, ganz
im Stil des modernen
Kunstgewerbes schon vor=
ahnend entworfen ist. Die
andere löst sich, erlöschend,
in Dampf und Dunst auf.
Da faltet der Künstler
stehend die Hände, — und
siehe — von Rosen um=
kränzt erscheint ihm in
antiker Berglandschaft die
Marmorbüste Ovids über
dem niederen Dunstkreise.
Nach so feierlicher,
formvoller Einleitung dür=
fen wir Großes und Er=
habenes erwarten. Aber
mit verschmitztem Lächeln
läßt Klinger uns von dem
Throne der Begeisterung
herabgleiten. Pyramus
und Thisbe, die sich so
töricht vom blutbefleckten
Mantel täuschen ließen und
traurig endeten, muß er
ja retten.
Da sitzen sie, durch die
Ritze in der Wand elegisch
sich anseufzend, während
Amor wie ein pfiffiger
Gassenbube darüber thront.
Was nützt es, daß This=
bes Vater die Fäuste ballt,
die Mutter vorwurfsvoll
dreinschaut, daß Pyrami
Erzeuger sich verzweifelnd
von diesem Jüngling ab=
wendet und die Mama ihm
mit dem Finger drohend
das Schlimmste weissagt?
Das Rahmenornament er=
zählt von brennenden Her=
zen an der Wand, von
Schwüren, die durch sie
hindurch getaucht wurden,
vom Stelldichein am Grab=
mal, wenn Mond und
Sterne scheinen. Noch ein=
mal gibt Klinger dasselbe
Blatt, aber in humorvoller
Verkürzung. Pyramus und

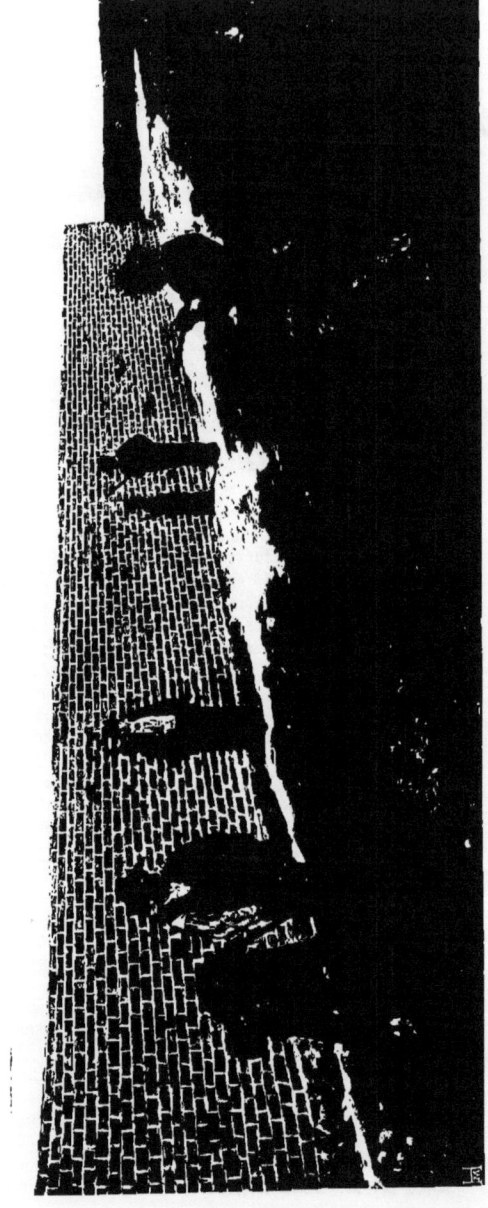

Abb. 21. Spaziergänger. Eigenwäsche. Besitzer: Dr. Stettenheim, Berlin.

Thisbe kauern am Boden an der als Sprachrohr dienenden Wandritze. Der Ornamentstreifen aber verdeckt diesmal die Oberkörper der Elternpaare. Dennoch vermögen wir an den Gesten allein schon ihre Meinung zu erkennen.

Dort harrt nun Thisbe am Ninusgrabe des Geliebten, statt dessen aber taucht nur ein profaner Nachtwächter auf, der die weiße Gestalt im Mondenscheine recht verwundert und prüfend betrachtet. Man hat diese Figur als den Vater der Thisbe erklärt, was unmöglich mit der Darstellung dieses Vaters auf Blatt 3 und 4 zusammenstimmt. Eher möchte es ein von Thisbes Vater gesandter Tugendwächter sein. Da stürzt auch Pyramus mit gezücktem Dolche schon herbei, fährt den Wächter der Nacht mit eifersüchtigen Drohworten an, daß der es für geraten hält, seinen Speer umzudrehen, ihn als nicht tödliche Waffe schlagfertig bereit zu halten. Schaudernd verhüllt Thisbe ihr Haupt. Um den mondbeschienenen Platz liegt in erhabener Feierlichkeit Berg und Wald in Halbdunkel getaucht, ein Hintergrund für Heldenkämpfe.

Sehr heldenhaft endet aber dieser Kampf wohl nicht. Denn dort liegt Monsieur Pyramus nach dem Sitzbade, das gegen Gliederweh so heilsam, in Tücher gewickelt auf dem Ruhebette. Neben ihm die Frau Mama, die ernsthaft den Zeigefinger mit dem aufgezogenen Däumling erhebt und die weise Sentenz wohl zum besten gibt: „Ja, wer nicht hört, muß fühlen." Der ruchlose Knecht da links im Hintergrund, der seinen Herrn gebadet, erzählt eben dem Genossen seine Entdeckung von den blauen Flecken auf dem Rücken des jungen Herrn, worob jener den Bauch vor Lachen sich hält.

Klinger aber stößt fröhlich einen Juchzer aus, nachdem er so boshaft geplaudert, und der schwebt nun auf einer Wunderschaukel hoch in den Lüften (Abb. 31).

Abb. 22. Christus vor dem Hohenpriester. Tuschzeichnung. Leipzig. Museum.

Oder ist es die Satire, die da so kühn über alles hin sich schwingt?

Und da er Pyramus und Thisbe gerettet, versucht er es auch mit Narziß und Echo. Ein reizendes Blatt, diese Nr. VII. Die Landschaft im Wechsel von kahlen Bergen, saftigem Wald und Seen, davor der stille, weite Wasserspiegel. Und unmittelbar im Vordergrund ein schmaler Uferstreifen, auf dem zwei kräftige Bäume so emporsteigen, daß sie die Landschaft wie ein Triptychon in drei Bilder zerlegen. Unter den Bäumen sitzen ein paar fröhliche Satyrn, der Musik und Vertilgung des im Bocksbeutel herangeschleppten Weines hingegeben. Der Bocksbein gebietet dem anderen Schweigen auf der Pansflöte, denn drüben sieht er just Narziß der Echo begegnen. Auf dem Mittelbild macht sie ihm eine Liebeserklärung und zur Rechten besiegelt ein Kuß den Bund. So hätte auch bei Ovid alles gut werden können. Staffage. Aber sind nicht da vorn im Rasen zwei Mäntel nebeneinander gebreitet? Sollte das froh vereinte Paar da irgendwo im waldigen Hintergrunde kosend verborgen sein?

Abb. 23. Johannes predigt in der Wüste. Zeichnung. Leipzig. Museum.

Aber der reißt sie auseinander, wandelt Narziß zur Blume und läßt Echo vergebens nach ihm rufen.

Wie anders Klinger auf Blatt VIII! Zwar man sieht nichts als Landschaft ohne Antwort geben die elegant gezeichneten Ornamentfriese unter beiden Blättern. Zuerst Amor, der Echo mit seinem Pfeile trifft. Dann der Pfeilschütze, der auf Narziß zielt, dem aber ein geschwindes Vöge=

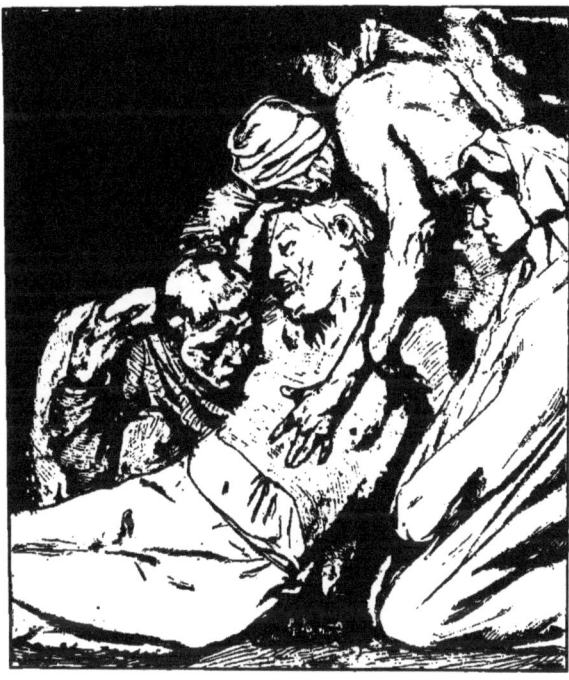

Abb. 21. Kreuzabnahme. Zeichnung. Leipzig. Museum.

lein den Pfeil in seinem Fluge zum Ziel wegschnappt, so daß Narziß unverwundet bleibt. Zum dritten eine Narzisse, die ihre Staubfäden wie Pfeile auf eine blühende Rose verschießt. Darunter eine platzende reife Frucht, „die Blume verblüht, die Frucht muß treiben!" Das sagt genug. Die Entwürfe zu Narziß und Echo, jetzt im Besitz des Herren Seeger in Berlin, wurden im Pan I, Heft 2 abgebildet, dabei auch ein drittes, nicht radiertes Blatt, Narziß von Echo belauscht.

Wieder folgt ein Intermezzo. Am Ufer des Nil hockt ein ägyptischer Malersmann zwischen stachligten Stauden (Abb. 32). Vor ihm steht ein Marabu, steif und gemessen wie ein Bureauchef, der sich photographieren läßt. Vier ältere Marabus assistieren ernsthaft diesem Aktus. Ja — die Kunst — wie genau lotet der Maler und nimmt auf seinem Stift mit dem Finger die Kopflängen des Herrn Marabu auf.

Schließlich bringt es Klinger noch zuwege, die Daphne vor der Verwandlung in den Lorbeerbaum zu retten.

Es ist eine höchst reizvolle, zarte Landschaft, in der Apollo der hübschen Peneiostochter begegnet, die den Lilienstengel der Unschuld in Händen, gar verschämt auf dem Rasen sitzt. Apoll, entzückt von ihrer keuschen Schönheit, lehnt den Bogen an einen Lorbeerbaum und unterhält sich sehr verbindlich mit ihr. Sehnsüchtig und doch verschämt blickt die Jungfrau zu ihm auf. Doch bald wird er zudringlich. Sie flieht, er eilt ihr nach. Es muß einen hitzigen Lauf gegeben haben, denn beiden ging die Hülle des Gewandes gänzlich verloren. Atemlos flüchtet Daphne hinter einen Stier ihrer Herde, Apollo springt ihr nach, sie jagen sich um das Tier her, da, sie zu haschen, setzt Apollo in kühnem Schwung über den Stier hinweg, springt zu kurz, der kräftige Zebustier springt auf und trägt den unfreiwilligen Reiter davon. Wie stolz, übermütig und hohnvoll trabt er nun durch das hohe Gras, derweil der gefoppte Gott wütend mit den Fäusten nach ihm schlägt. Tiefbetrübt blickt ihm Daphne nach. Zürnt sie Klingern, daß er sie so gewaltsam von der Begehrlichkeit des schönen Gottes befreite?

Und der Schluß? Wehe Klinger, sollte er einst im Hades den edlen Dichter Ovidius treffen und Klinger scheint sich mehr auf eine Zukunft im Hades, als in den Gefilden der Seligen gefaßt zu machen. Ein feiner gleichmäßig grauer Aquatintaton läßt uns die Schattenhaftigkeit des Orkus erkennen. Ein frisches Grab ist aufgeworfen. Charon hat Klingern still hinabgeleitet. Nun sitzt er fern und sieht mit Staunen, wie der Schatten Ovids den spottlustigen Maler auf Mensur fordert. Wunderlich sind die Waffen. Einen riesigen Schreibstift, den Stilus, hält Ovid kampfbereit in der Faust. Klinger im Arbeitsanzug wird mit seiner mächtigen Radiernadel den Angriff parieren. Hoffen wir, daß Klingers kecke Laune nochmals siegt. —

Wie Klinger hier die Antike behandelt, ist er der Typus des modernen Künstlers, der die Alten gründlicher und zartfühliger erfaßt hat, als alle die Klassicisten, die nur starre Linien, Konturen, stilisierte Flächen in der Antike entdeckten, die den Wald vor Bäumen nicht sahen, den seinen Realismus der Antike vor lauter „Stil" nicht erkannten. Aber gerade darum beugt sich Klinger nicht der Antike, ordnet sich ihr nicht blindlings unter, sieht nicht sein höchstes Glück darin, Nachahmer der Alten, wenn auch nur als letzter Homeride zu sein. Er beherrscht sie, er verwendet sie spielend, er wagt ihrer sogar zu spotten, so sicher ist er, daß ihn, den von der Reinheit und Natürlichkeit der Antike Durchdrungenen, niemand darin mißverstehen kann.

Dieser Cyklus ist für Feinschmecker bestimmt. Der klassische Philologe wird sich über mangelnde Ehrfurcht vor der Antike, der gewissenhafte Kunstfreund über zu leichte Mache beklagen, wenn oft nur mit wenigen Konturen die Zeichnung hingeätzt, mit ein paar Aquatintatönen die Stimmung angedeutet ist. Aber diese graziöse Leichtigkeit der Mache wie der Humor sind gerade das Entzücken derer, die für prickelnde Feinheiten in der Kunst die Zunge haben.

Die Ornamentik ist dabei von jenem exquisiten Gefühl für den Reiz der Linie, der in unseren Tagen die Grundlage eines

Abb. 25. Malerische Zueignung. Radierung.
(Aus: Radierte Skizzen. Op. I, 2.)

neuen Stiles bildet, den man für „englische Mode" nimmt und der doch hier von einem deutschen Künstler längst vorgebildet war. Aber freilich — zur Anerkennung kam er bei uns erst, als er auf dem Umweg über das Ausland als etwas Nagelneues wieder gelehrt wurde.

Inmitten all dieser Entwürfe packte Klinger der Wunsch, sich außerhalb Berlins fortzubilden. Unabhängig, wie er war, konnte er diesem Wunsche Folge geben. Das Jahr 1878 hatte ja einen sichtbaren Abschluß seiner Lehrjahre gebracht. Die Wanderjahre, den Gesichtskreis erweiternd, die Reime reisend, durften nun beginnen. 1879 siedelt er daher nach Brüssel über. Nicht lange erfreut er sich der neuen Eindrücke, wie sie die Meisterwerke der flämischen Kunst, das Wiertzmuseum u. a. auf ihn ausüben. Überarbeitet, verfällt er in eine langwierige Krankheit und kehrt, sobald er transportfähig, nach Leipzig zurück. Durch eine Karlsbader Kur im Frühjahre 1880 erholt er sich wieder so weit, daß er neugekräftigt nach München zu weiteren Thaten ausziehen kann.

Während die meisten, um still und einsam zu leben, in Kleinstädte oder auf das Land ziehen, geht Klinger von dem ganz richtigen Princip aus, daß man nirgendwo mehr allein ist, als in einer Großstadt, die jeden, der sich auch nur kurze Zeit von ihren Vergnügungen ausschließt, schnell und gründlich vergißt. Nur muß der Betreffende seiner selbst so weit Herr sein, um den Verlockungen der Großstadt widerstehen zu können. Klinger war viel zu ernst, viel zu sehr erfüllt von seinen Arbeitsidealen, als daß solche Verlockungen für ihn etwas hätten bedeuten können.

Doch einsam, war er nicht allein. In ihm lebten jene Phantasiegestalten, die während des langen Krankenlagers sich gehäuft. Noch einmal kehrt er zur Antike zurück, aber nicht mehr so boshaft persiflierend, wie in den Rettungen Ovidischer Opfer. Der Nürnberger Verleger Ströfer hatte ihm den Auftrag erteilt, zu einer Prachtausgabe von Apulejus' ewig junger Fabel von Amor und Psyche Illustrationen zu schaffen. Leicht und tändelnd, wie aus einem frisch genesenen und fröhlich gewordenen Gemüt heraus gestalteten sich dieselben. Unter dem Titel „Amor und Psyche, ein Märchen des Apulejus. Übersetzt von R. Jachmann. Illustriert in 46 Originalradierungen und ornamentiert von Max Klinger" erschien das Werk 1880 als Opus V in Ströfers Verlag. Mit Raffaels Darstellung der Fabel darf es freilich nicht verglichen werden. Mit solchen al fresco gedachten Bildern konnte und wollte Klinger nicht wetteifern. Und grade darin beruht seine Stärke. Während die früheren Illustratoren den Gegensatz zwischen Wandgemälden und Buchillustration in der Regel ganz übersahen, war dieser in Klinger, bewußt oder unbewußt, von Anfang an lebendig, und er hat später in seinem Werke „Malerei und Zeichnung" sich klar darüber ausgesprochen. In einer Folge von Vollbildern und Textradierungen erzählt er textgetreu die Liebes- und Leidensgeschichte der liebenden Seele. So zart wie die duftigen Linien der Radiernadel, so zart und duftig sind auch die Kompositionen der zierlich eleganten, wie von Ambrosiaduft erfüllten Märchentext angepaßt. Statt der kühlen, klaren Schönheit Phidiasischer Plastik weht hier ein Hauch feinster Sinnlichkeit. Wie rauscht die Meerflut um Aphrodites Muschelwagen (Abb. 34), in dem die Göttin in wollüstigem Behagen sich in Sonnenschein hinstreckt, während hinter ihr Tiere und Menschen in verliebtem Sehnen sich umschlingen. Wie zärtlich umfaßt mit begehrendem Lächeln Vater Zeus den hübschen Knaben Amor (Abb. 43), um seiner Wünsche Gewährung zu erhalten. Das verliebte Löwenpaar unten am Rahmen scheint diesen Vorgang erläuternd zu parodieren. Wie leicht schwingt Amor sich durch die Lüfte (Abb. 38) und wie geisterhaft wandelt die gramerfüllte Psyche im Mondenschein dahin (Abb. 35, 36).

Welches Mitgefühl durchbebt uns, wenn wir die irrende Psyche flehend die Stufen des Demetertempels umfassen sehen, während die mütterlich erhabene Göttin der Fruchtbarkeit sich milde neigt (Abb. 41). So wunderlich auch dabei dem Architekten die papierenen Ranken mit ihrer absonderlichen Perspektive erscheinen, sie passen sich doch, wie die Landschaft, vorzüglich der Stimmung an. Eine Fülle von spielendem Beiwerk, von Vignetten, ornamentierten Bilder-

Abb. 26. Frühlingsanfang. Radierung. (Aus: Radierte Skizzen. Op. I, 4.)

rahmen u. f. w. umspielt, die Seiten und läßt den zarten Inhalt zart und heiter wiederklingen (Abb. 39, 40, 42). Den ruhigen Fortgang der Illustration in den Textbildern begleiten diese Randleisten wie flatternde kleine Melodien. Eine echt hellenische Lebenswonne und Formenfreude strömt aus der ganzen Schöpfung. Wenn auch kein Athener sie als Werk griechischen Griffels anerkannt haben möchte, so war doch attischer Geist und attische Grazie in ihnen lebendig. Dabei ist das Ornament stellenweise weit der Zeit vorauseilend modern. Unter der Radierung Pan und Psyche finden wir eine aus antiken Schiffen komponierte Leiste, an anderer Stelle eine Kombination spielender Fische, die völlig dem entsprechen, was 1899 als das Neueste und Modernste der Ornamentierung gilt.

Als höchste Vollendung von Klingers klassicierendem Stile bleiben die Amor- und Psychebilder ein edles Zeugnis des Zartgefühls, mit dem der jugendliche Meister zu gestalten wußte, in dieser Richtung sein reifstes und unvergängliches Werk.

So reizend diese liebliche Fabel nachgeschaffen war, so hätte Klinger doch ohne den ihm gewordenen Auftrag vielleicht ganz anderes gestaltet. Die Krankheit, das stete Alleinsein, das Grübeln über allerhand Menschheitsproblemen drängten ihn in neue Bahnen. Früh reift der Jüngling zum ernst und stark fühlenden Manne in seiner Kunst. Die großen Schicksalsfragen begann er als Künstler zu durchdenken und nicht nur philosophierend und moralisierend lehrhaft nachzuzeichnen, sondern auch in einer Folge malerischer Scenen zu verkörpern. Das Schicksal des Weibes, seine Abhängigkeit, die Thatsache, daß in seiner Sinnlichkeit zugleich höchstes Glück und tiefstes Leiden ihren Urquell finden, bewegen ihm die Gedanken. Ein Vorspiel zu der Cyklenreihe, die diesen Gedankengang aufnehmen, liegt schon im Opus III der Radierfolgen vor. Eva und die Zukunft betitelt, ist es entworfen und radiert 1880. Klinger nennt, frei nach Goya, das Ganze ein Capriccio. Wirklich bietet es statt des strenggefügten Cyklus eine geistreich sprunghafte Sammlung von Thesen und Antithesen, neben jedem biblischen Bilde ein ergänzendes Gegenbild als „Zukunft". Das erste Blatt führt uns in eine üppig reiche Waldlandschaft von paradiesischer Unberührtheit. Schlummernd liegt im Hintergrunde Adam, vor ihm kauert im Grase Eva, das Weib. Der Schlummer flieht sie, unruhig fährt sie aus Träumen empor. Die Hand gleitet nervös durch die üppigen Flechten des langwallenden Haares, traumvoll und doch flackernd ist der Blick ins Ungewisse, ins eigene Innere, wie es scheint, gerichtet. Ihr selbst unverständlich, erhebt sie im aufkeimenden Bewußtsein ihres Sinnenlebens, unter dem ersten Zuckungen ihres Weibesempfindens. Und so sitzt sie in lockender Schönheit und keuscher Nacktheit in der großartig einsamen Landschaft am stillen Wasser, Sinnliches leise vorahnend.

Auf dem folgenden Blatte, „Erste Zukunft" betitelt, taucht in grauenvoller Größe am Abschluß eines schmalen Engpasses die Riesengestalt eines Tigers empor, jeden Ausweg versperrend (Abb. 44). Ist es die unbezähmbare Sinnlichkeit, das Tierische im Menschen, jenes Furchtbare, das in der Weibesseele erwacht, riesenhaft sich auszuwachsen beginnt und das schwache Weib verschlingen wird? Wie Dante, im Walde verirrt, unter dem Bilde des gefleckten Panthers den Lebensweg durch die fleischlichen Leidenschaften gesperrt fand, daran denken wir wohl bei diesem Bilde.

Das nächste Blatt zeigt uns Eva unter dem Baume (Abb. 45). Aber nicht den Apfel bietet die Schlange ihr dar, sondern aus den Zweigen herausgleitend, hält sie ihr einen Spiegel entgegen, und in naiver Anmut und köstlicher Unbefangenheit sieht Eva zuerst, was der Mann erst später verstehen und an ihr schätzen wird, ihre lockende Schönheit. Das ist die Erkenntnis, die ihr unter dem Baume der Erkenntnis eine Schlange gibt. Wie das aufblühende Mädchen längst an ihrer Lieblichkeit im stillen sich weidete, ehe noch das Mannesauge begehrend darauf ruht, so steht Eva hier, und wir sehen das Erwachen der sinnlich eitlen Weibesnatur, die Selbstberauschung, das, woraus alles Unglück des Begehrens und Begehrtwerdens einst entkeimen muß. Nicht daß sie sehend wurde, sondern daß sie ihrer Reize sich bewußt wurde, mußte die Sünde in die Welt bringen. Mit diesem Bewußtsein hat sie ihre Unschuld im doppelten Sinne des Wortes schon verloren. Und als Antwort sehen wir auf der zweiten

Zukunft ein teuflisches Ungeheuer auf einem Delphin blitzschnell durch nächtliche Fluten gleiten, das einen mit Widerhaken besetzten Spieß als Ruder benutzt. Ist es der Teufel der Leidenschaft selbst, der seine Harpune in des Weibes Brust stoßen will? Ist es die Leidenschaft, die, nun zum Ungeheuren entfaltet, heimlich durch die stille Welt gleitet, um sich in die Menschenseele zu heften, Höllenqualen in ihr entfacht, sie zur Sehnsucht, zum Begehren und zum Frevel treibt? sind, gehen sie auch der unerbittlichsten Zukunft, gehen sie dem Tode entgegen, dem sie durch den ersten Sündenfall, durch Evas Trieb nach Erkenntnis überantwortet sind. Der Tod ist der Sünde Sold und wer vom Baum der Erkenntnis gegessen, der muß des Todes sterben. So ist die dritte und letzte Zukunft der Tod. Der Tod als Pflasterer, den Klinger uns frei nach Jean Paul darstellt, wie er die Menschheit mit gewaltiger Ramme zusammenstampft

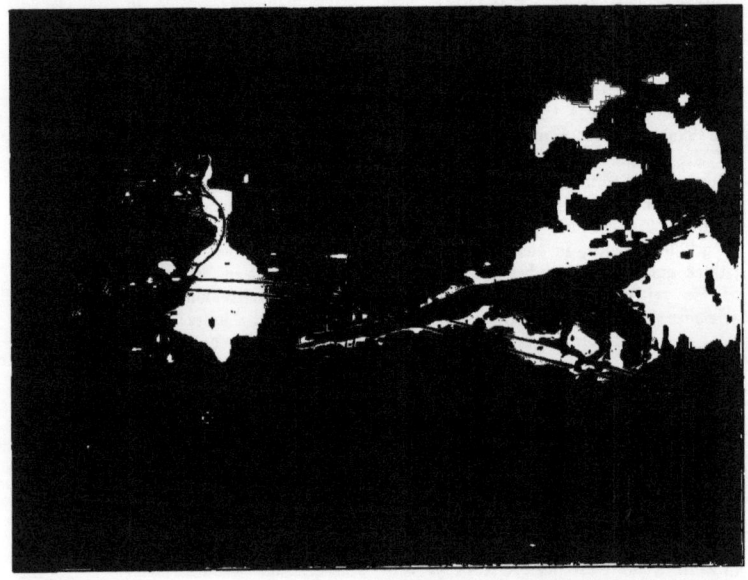

Abb. 27. Schaukel. (Entwurf zu: Radierte Skizzen. Op. I, 5.) Leipzig. Museum.

Im dritten Bilde trägt Adam das Weib, das die Sünde ihm verführerisch lockend geschaffen, auf seinen Armen aus dem verlorenen Paradies der Unschuld hinaus.*) Aber die verlorene Unschuld muß Mutter werden, muß Kinder gebären, muß die Menschheit schaffen. Aus der Sinnenlust stammen die Geschlechter auf Erden, und in dem Augenblicke, da Menschen geboren und zu dem Nichts macht, aus dem sie entstanden. Eine leichte Wand scheidet das verlorene Paradies antiker Schönheit von der Welt des Christenglaubens, die das Kreuz, das Symbol des Leidens, beherrscht. Auf dem Entwurfe der Berliner Nationalgalerie zu dieser Radierung, die das Datum 1879 trägt, blicken neben dieser Wand Zeus und Athena über jenen Zaun auf die Menschenschar, gleich als ob sie mit Staunen den Jammer betrachteten, den nach christlichem Glauben Evas Sündenfall über die Menschheit brachte.

---

*) Zu diesem Blatte existieren zwei Varianten mit veränderter Landschaft und Figuren. Bei einer derselben schwebt über dem flüchtenden Paar drohend ein Amor mit Köcher und Bogen.

Abb. 28. Traum. Radierung.
(Aus: Fund eines Handschuhes. Op. VI, 3.)

Gewiß hat Klinger seine Gedanken hier in biblische Form gekleidet oder wenigstens an biblische Gestalten angelehnt. Aber er scheint mir wie einer der großen Frührenaissancemeister, die auch zu diesen heiligen, einem jeden gewöhnten und verständlichen Symbolen griffen, um ihre eigene und oft vom kirchlichen Dogma abweichende Meinung im Bilde zu erzählen, um in biblischen Gestalten menschliches Schicksal vorzuführen. Hat doch Klinger aus der Erzählung von Adam und Eva nur das entnommen, was seinem speciellen Thema entsprach. Er ändert, indem er die Schlange statt des Apfels einen Spiegel darreichen läßt, schiebt eine großartig einseitige und persönliche Deutung unter, wenn er die alte Sage nur als Symbol der Entstehungsgeschichte der Sinnenlust umdeutet. Und was die Blätter neben dieser originellen Auffassung vor allem so wertvoll macht, das ist die Beobachtung, daß eben ein Maler, ein Formendichter hier komponiert, der nicht mit präciser Deutlichkeit philosophiert, sondern in mystisch geschauten Bildern, also doch in Bildern seine Gedanken aneinander reiht.

Überhaupt erstarkt allmählich Klingers malerische Anschauung sichtlich. Sein Stil wird freier und größer, die zarte Zeichnung derber und reicher. Noch einmal faßt er, wie einst in den radierten Skizzen eine Anzahl Entwürfe zusammen unter dem Titel „Intermezzi", die 1881 als Opus IV in Theo. Stroefers Verlag in Nürnberg erscheinen. Die Skizzen fallen meist in den Sommer 1879, die Ausführung ins Jahr 1880 und 1881 (z. B. Amor, Tod und Jenseits). An zwei Hauptgruppen, die Kentaurenlandschaften und die Simplicinsfolge sind einige andere Entwürfe lose angereiht. So das reizende Einleitungsblatt (Abb. 46) „Bär und Else". Auf schlankem

Zweige wiegt sich ein neckischer Elf, während ein täppischer Meister Petz, soweit möglich, ihm folgt. Soweit möglich — denn ein tibetanischer Kragenbär mag sich noch so geschickt vorkommen, höher als bis zu einem gewissen soliden Sitze in festem Gezweig wird er doch nicht gelangen, wenn er auch noch so sehnsüchtig zu dem heißgeliebten Ideal, zur leichtbeschwingten Phantasie aufschaut. Die aber fühlt sich dort am wohlsten, wo sie den Boden der faktischen Thatbestände, der realen Tragfähigkeit verlassen darf, um aus luftiger Höhe den ehrbaren Philister ein wenig mit der Gerte an der Nase zu kitzeln.

Es folgt eine Wellenstudie, die auch ohne die Frauengestalt als Staffage jedem imponieren wird, der selbst einmal versucht hatte, dieses Wogen und Überstürzen der Gewässer zeichnerisch festzuhalten.

In der anschließenden Folge von Kentaurenscenen (III—VI) wird die urwüchsige Wildheit der Landschaft zusammengestimmt mit den Gestalten dieser wilden Naturwesen. Oder richtiger — dienen die Kentauren uns zur Erläuterung, in welche Art Wildnis und grauser Naturschönheit der Künstler mit uns zu wandern gedenkt. Den Bädeker dürfen wir getrost daheim lassen, denn der Boden, den wir betreten, ist jungfräulich und zuvor noch von keinem entdeckt. Nur

Abb. 29. Die Entführung. Radierung. (Aus: Fund eines Handschuhes. Op. VI, 9.)

Klinger hat ihn gesehen, wie er auch neben Arnold Böcklin der einzige ist, der Kentauren in Freiheit beobachten und zeichnen konnte, wobei Böcklin sich mehr für die specielle Physiognomie jener rauhhaarigen Gesellen, Klinger mehr für die landschaftlichen Wunder ihrer Heimat interessierte.

Im Hochsommer hat ein Kentaur sich herangepürscht bis nahe an die Wohnsitze der Menschen. Da fahren die Männer auf schnellen Rossen dem Roßmenschen nach. Durch das hochwogende Korn geht die wilde Jagd. Der Kentaur in seiner Bedrängnis trifft mit dem Pfeil das Roß eines Verfolgers, das in Todesangst sich hoch aufbäumt, so die Fülle horizontaler Linien imposant durchschneidend. Warum mußte auch der Kentaur seine Felsenheimat verlassen, deren schauerlich erhabene Reize dort das Kentaurenweib mit Behagen genießt, das, neben dem schlummernden Gatten ruhend, über den schäumenden Gebirgsfluß, die steil aufsteigenden Bergwände und die zackigen Gipfel den Blick schweifen läßt, während der Herbststurm durch die Schluchten fährt und trübe Wolken am Himmel ziehen.

Noch schreckensvoller entfaltet sich aber diese Natur, wenn der Wintertiefe in den Einöden haust, Schnee und Eis alles überdeckt, daß nur die Steilhänge der Felsen dunkel aus den weißen Flächen ragen. Da paßt so recht der grausige Kampf hinein, den die beiden Kentauren auf der überhängenden Eisfläche hart am schwarz gähnenden Abgrunde ausfechten. Um eines toten Häsleins willen sind sie aneinander geraten, haben den tiefen Schnee weithin zerstampft und mit den Fäusten sich packend, mit den Hufen einander bearbeitend, ringen sie auf Leben und Tod, bis die Eisdecke berstend beide in die Tiefe hinabreißen wird.

Wenn dann der Frühling Felsen und Bäche vom Eis befreit hat, wenn der Gebirgssee so spiegelrein wieder das Bild des üppigen Laubwaldes zurückwirft, wenn von den Bergen die vom Frost gelösten Felsblöcke stürzen und klar der Himmel in der Ferne glänzt, dann jagen die Kentauren im munteren Galopp dahin, ein seltenes Wild oder auch einen fernen Feind verfolgend. Nur der halbwüchsige Bube bleibt wohl einen Augenblick zurück, um mit dem Stein einer züngelnden Schlange den Kopf zu zerschmettern. Der Zuruf der Eltern aber treibt ihn zur Eile. Auf dem ersten Entwurf war übrigens dieser Sohn sehr humorvoll durch die älteste Tochter des Kentaurenpaares ersetzt, die aus einem sehr natürlichen Grunde verweilend, die Ungeduld der Vorauseilenden erregt.

Ohne weiteres werden diese Blätter an Böcklin, den Neubeleber der Kentaurengestalt in deutscher Kunst, erinnern, oder richtiger, den Lebendigmacher dieser bis dahin nur allegorisch litterarischen Figuren, die des Züricher Meisterhand aus glatten antiken Lineargestalten zu rauhen lebensvollen Naturburschen, zum farbigen Korrelat der rissigen braunen Felsen und flechtenbewachsenen Blöcke machte.

Wie Böcklin verwendet auch Klinger die Kentauren zur symbolischen Belebung der Gebirgslandschaft. Aber auch hier ist er nicht Kopist. Für Böcklin sind die Kentauren ja vor allem Farbenflecke, für Klinger Tonwerte. Dort treten sie dominierend hervor und die Landschaft erklärt gewissermaßen ihr Auftreten und ihre Bedeutung. Hier ordnen sie sich ganz dem Landschaftsbilde unter, dem sie nur eine belebende und erläuternde Note beifügen.

An diese Verherrlichung der Hochgebirgsnatur im Wandel der Jahreszeiten schließt sich der Hymnus auf die Geheimnisse des deutschen Waldes in den vier Simpliciusbildern (VIII—X).

Wie lauschig und heimlich ist es beim alten Einsiedelmann (VII)! Mit Borke und ein paar jungen Stämmen hat er sich eine Laube vor seiner Höhle gezimmert. Ein durchgesägter Stamm auf vier Pfählen ist zum Schreibtisch geworden. Da sitzt nun der alte verhutzelte Mann im härenen Gewand, mit den wetterrauhen Beinen, dem kahlen Haupt, dem struppig wilden weißen Bart. Die faltige Stirn gerunzelt, Augen zusammengekniffen führt er dem erstaunten Simplicius die Hand, geheimnisvolle Buchstaben malend, daß der Bube Mund und Augen aufsperrt. Die Sonne scheint so warm auf die Erdwand, Unkraut und Gestrüpp wuchert so üppig zu ihren Füßen, das saftige Laub zu ihren Häupten, und die vom Lichte vergoldeten Kiefernstämme mit den dunklen Kronen glänzen ferne.

Abb. 30. Malerische Widmung. Radierung. (Aus: Rettungen Ovidischer Opfer. Op. 11, 1.)

Den Waldfrieden der beiden stört der Tod. Eine kleine Grube hat Simplicius geschaufelt und den mumienhaften Alten hineingebettet. Da kniet der Hinterbliebene (Abb. 47) verzweifelt am Grabe, blickt starr vor sich hin, als ob er's nicht begriffe, daß es nun aus ist mit dem Waldfrieden. Tiefschwarz dunkelt der See, eine sturmzerstörte Eiche reckt ihre kahlen Äste darüber. Unter jungen Bäumen birgt sich die zerfallene Einsiedelei mit dem kümmerlichen Krautgärtlein des Alten davor. Wie still, wie öde diese schweigsame Natur mit dem hilflosen, ratlosen Knaben am Grabesrand!

Aber auch finsteres Geheimnis birgt der wilde Wald. Erschreckt, mit gefalteten Händen, steht Simplicius dort auf der kleinen Lichtung, wo unter den dunklen Waldriesen hilflose Bauern von dem Raubvolke marodierender Soldaten mit Kolben und Schwerthieben mißhandelt werden. Aus Gezweig werden schon Stricke gedreht. Da blickt der Wald so düster drein und durch die Stämme hindurch erkennt man die rauchenden Trümmer zerstörter Hütten.

Simplicius ist den finsteren Gründen entflohen. In einer Rodung oder einem Windbruch macht er Halt. Zwischen wilden Felsblöcken, über vereinzelt stehende Baumriesen hin öffnet sich ihm der Ausblick auf das weithin gebreitete Vorbergland, das etwa an einzelne Partien des Thüringerwaldes oder der Rhön gemahnt. Einsam und großartig, aber schön in seiner Unberührtheit, liegt das deutsche Land. Er achtet dessen nicht. Eine Felsplatte benutzt er als Tafel, um sich in der schwierigen Kunst des Schreibens zu üben.

Man vergleiche nur diese vier Blätter mit den antiken, weich und groß geformten Hintergründen in den Ovidischen Rettungen. Man wird staunen, wie intim Klinger die Landschaft schildert, wie er ihren persönlichen Charakter darzustellen versteht, wie ihre Seele sich uns offenbart, als läsen wir im offenen Buche der Natur das Kapitel: „Psychologie der Landschaft."

Ein Nachklang dazu ist der „gefallene Reiter (XI)", der sterbend unter dem sterbenden Rosse liegt, während Wolf und Raben sich um die fette Beute streiten. Ein gewaltiger Baumriese breitet seine schattenden Zweige darüber hin.

Die Intermezzi schließen mit einem abenteuerlichen Blatte, das 1879 komponiert, 1881 radiert wurde, mit „Amor, Tod und Jenseits". Das sind die drei Gesellen, die in den Cyklen aus Klingers mittlerer Zeit so unablässig spuken. Da sausen sie durch das Flachland hin. Nur fern eine steife Pappelallee, im Wasser sich spiegelnd, belebt die sonst reizlose Fläche.

Abb. 31. Intermezzo I, Schaukel. Radierung.
(Aus: Rettungen Ovidischer Opfer. Op. II, 6.)

Amor voraus, auf seltsamem Einrad, | seltsamen Reittier, dessen Leib ein Sarg
von unsichtbarer Kraft getrieben. Kein süßer | mit Holzfüßen, dessen Auge ein Immor=

Abb. 32. Intermezzo 2, Zeichner. (Uebergeichnung zu: Rettungen Ovidischer Opfer. Op. II, 9.) Leipzig. Museum.

Knabe, eher häßlich, mit übergroßem Schädel | tellenkranz und dessen Maul vom geöffneten
und unholdem Blick. Hinter ihm jagt Hans | Sargdeckel gebildet wird. Mit der fleisch=
Klapperbein, das Totengerippe, auf einem | losen Ferse spornt das Gerippe das Sarg=

roß, mit der Hippe treibt es zu schnellstem Laufe. Ihm folgt das Jenseits, von hundert ausgreifenden Händen durch die Lüfte gerudert. Mit den Fäusten packt es den Kopf seines Reittieres, das die boshaften Züge des Gnu trägt. Viel wahnsinnige Köpfe bergen sich unter seinem Mantel, und das Haupt ist nach Indianerart mit Federn geschmückt. Nur sind es ausgeschriebene Federkiele, und das Tintenfaß baumelt dem Jenseits um den Leib. Tinte und Feder allein wagen ja, uns Kunde zu geben von dem Großen, Ungewissen, dem Jenseits, in das nach Liebe und Leben der Tod uns führt und von wannen noch kein mündlicher Bericht uns geworden.

Wir konnten verfolgen, wie in Klingers Entwürfen die Landschaft immer stärker

Abb. 33. Azaleenzweig. Zeichnung. Dresden.
Königl. Kupferstichkabinett.

und anschaulicher hervortrat. 1881 gibt er auch vier radierte Landschaften heraus, die wieder beweisen, daß er, ohne „Landschafter vom Fach" zu sein, hierüber mehr zu sagen wußte, als die Masse der Bedeutenmaler und Motivensucher, daß er die große Form und die geheimnisvolle Stimmung auch in einem einfachen Motiv so gut wie einer auszuprägen und zu vereinigen wußte. Wie da in der Mondnacht (Abb. 48) zwischen den dunklen Baumgruppen die schlichten Häuser eingebettet sind, wie zwischen den Ufern, von der derben Holzbrücke überspannt, der breite Strom trübe dahinzieht, wie in gespenstigem Zuge die vom Mondlicht gesäumten Wolken darübergleiten! Der Zug zum Großen, Feierlichen, zum Erhabenen in der schlichtesten Form, das Geheimnis so vieler seiner Schöpfungen spricht sich hier deutlich und unvermittelt aus, wo keine figürliche Zuthat uns zu grübelndem Sinnen verlockt, die Stimmung allein auf uns wirkt.

Und so schildert er mit Rembrandtischer Einfachheit und Wirkung ein Stück Großstadtumgebung, ein Gartenhaus am Weiher in schärfster Sommermorgensonne, das warme Behagen des Sommernachmittags, den Abendhimmel bei abziehendem Gewitter, wenn auf der Chaussee noch alles glitzert und spiegelt von dem abrinnenden Regenwasser (Abb. 49).

Wie greift er in solchem Bilde so kühn zum Einfachsten, scheinbar ganz Bildwidrigen. Die grade ins Bild hineinlaufende Chaussee, der in die Ferne hineinkriechende Zaun, die zwei Reihen dünner, jung gepflanzter Bäumchen ziehen ihn nicht weniger an, als die aus eigenster Phantasie geschöpften Wunder hellenischer Landschaft oder der rauhen Kentaurenheimat. Wie wunderlich nahe wohnen in ihm formen- und bilderreiche Phantastik neben kühlem, objektivem Begnügen an der schlichtesten aufrichtig gesehenen und gründlich studierten Wirklichkeit!

Zwischen den radierten Chklen, so recht dem Leitmotiv von Klingers Künstlerleben, fehlen natürlich nicht kleinere Arbeiten, wie sie durch Auftrag und Gelegenheit sich ergaben.

Zu einer Festschrift zur Eröffnungsfeier des Berliner Kunstgewerbemuseums am 21. November 1881 gibt er 14 kleine

Textradierungen, stark im Charakter Menzelscher Illustration gehalten, Nachbildung von Bauteilen und Ausstellungsobjekten des Museums, das Porträt des Erbauers Gropius u. a. Das beste ist das Aquatintatitelblatt: Klinger selbst, dem der Appetit vergeht beim Anblick einer riesigen Athenabüste, wohl des Symbols antiker Kunst. Überwältigt ihn die Größe der Antike hier, oder erscheint sie ihm abstoßend? Wohl das erstere ist hier wenigstens offiziell bei einem für das Kunstgewerbemuseum bestimmten Blatte anzunehmen.

Für den Katalog der Berliner Nationalgalerie gibt er eine kleine Ätzung, einen Radierer bei der Arbeit darstellend. Ein Abdruck im Dresdener Kabinett ist von 1881 datiert.

Damals hatte Fritz Gurlitt in Berlin mit dem sicheren Blicke des Geschäftsmannes sich der heranwachsenden neuen Phantasiekunst angenommen und suchte in seinem kleinen Ausstellungsraum Böcklin,

Abb. 31. Aphrodite. (Aus: Amor und Psyche. Op. V.)
(Verlag von Theo. Stroefer, Nürnberg.)

Klinger e tutti quanti dem nur für Gussow und Anton von Werner schwärmenden Berliner Publikum nahe zu bringen. Klinger, der mit dem geschäftlichen Vorkämpfer der Modernen sympathisierte, radierte 1881 für seine Kunst- und Kunstgewerbeausstellung Schlüssel den dahinsausenden Erdenball berührt, erschließt sie wohl dem Künstlergeiste die Wunder und Geheimnisse der trägen Masse, der toten Natur. Außerordentlich kühn ist die Haltung des Weibes, klar setzen sich die radierten und mit kalter Nadel überarbeiteten Gestalten von dem in einem Ton geätzten Hintergrunde ab, aus welchem die feine Mondsichel durch Deckung ausgespart wurde. Die Schriftplatte ist von leicht hingeritzten satirischen Ornamentfiguren umrahmt, grauenvollen Harpyien, welche die Genien der Kunst verfolgen und an den Haaren packen, während die Teufel der Kunstkritik mit Behagen zuschauen. Für Klinger war keine Aufgabe so klein und unscheinbar, daß er nicht alle Kraft und allen Witz daran gesetzt hätte, sie zu einem reifen Kunstwerke zu entfalten.

Im Auftrage des Vereines deutscher Spiritusfabrikanten ätzte er ein Ehrendiplom für Prof. Dr. Maercker, der sich als Gelehrter Verdienste um die Spiritusfabrikation erworben hatte. Gerade in

Abb. 35. Psyche. Entwurf. Zeichnung. Dresden. Königl. Kupferstichkabinett.

ein fein und geistreich erfundenes und ausgeführtes Blatt, „Phantasie und Künstlerkind". Das Hauptmotiv hatte er schon 1878 ausgeführt, jetzt erweitert er es durch eine ornamentale Umrahmung und entsprechenden Text.

Die Künstlerseele in Kindesgestalt wird von der mütterlichen Phantasie durch den Weltenraum geführt und wie diese mit dem diesen Jahren blühte ja die geistlose Massenfabrikation von Diplomen und Ehrenurkunden, auf denen die unvermeidliche allegorische Dame oder ein Renaissanceherold, über einem Haufen von Requisiten thronend, von Akanthusranken umlaubt, ein mehr behagliches als sinnreiches Dasein zu führen pflegten. Nur Menzels Arbeiten traten weit aus diesen Massenarbeiten hervor.

Abb. 36. Psyche am Meer. Radierung. (Aus: Amor und Psyche. Cp. V.)
(Verlag von Theo. Stroefer, Nürnberg.)

Aber die sprudelnden Einfälle, die Überzahl scharf gesehener Einzelheiten, die zwanglose kecke Zusammenhäufung derselben überwucherten oft bei Menzel das malerische Element, die künstlerische Haltung des Ganzen. Sie glichen zuweilen einem geistreich gemalten Rebus mit ihrer Menge geheimnisvoller Anspielungen und versteckter Allegorien.

Klinger ist in seinem Diplom nicht minder reich an Gedanken, aber sie ordnen sich stärker dem malerischen Princip unter und das Ganze behält mehr bildmäßige Wirkung, bessere Verteilung von Hell und Dunkel, Licht und Schatten. Über der Schriftfläche sehen wir die Einfuhr der Kartoffeln vom Felde, ihre Verladung, dargestellt, sehen weiterhin die Fabrikation und schließlich am Fuße des Blattes im matt erhellten Kellerraume die Prüfung des gewonnenen Destillates durch die Liebhaber und Kenner des edlen Branntweines. Sehr geschmackvoll sind allerhand Apparate, allegorische Figuren der Landwirtschaft und Industrie, ornamentale Symbole, als Beithaten eingefügt.

Goyas Vorbild wird dann in einzelnen Blättern erkennbar. So in der Ätzung, die einen Mann in spanischer Tracht darstellt (ein Abdruck im Leipziger Museum ist bezeichnet aqua forte zum 7. Februar 1882) und die „Dame in Schwarz" (datiert 11. 10. 84).

Auch die Tafelmalerei bleibt nicht ohne Pflege. Ein flüchtiger Einfall, der wohl auch im Rahmen einer Radierung sich hätte erschöpfend behandeln lassen, ist das Bildchen „Die Gesandtschaft" (von 1882, Abb. 50). In einer Phantasielandschaft hat eine zierliche Nymphe, recht behaglich auf dem Bauche liegend, in den Sand sich gestreckt, und ihre angenehmen zarten Formen scheinen das lüsterne Wohlgefallen zweier würdiger Marabugreise erweckt zu haben. Ernsthaft bleiben diese auf einem Bein stehen, von weitem das Weiblein betrachtend. Da schlenkert gerade mit langen Gigerlschritten der Herr Flamingo vorüber, und der scheint jenen der geeignete Dolmetscher ihrer Wünsche zu sein. Wirklich steht der rosenrote Bierbengel als Kuppler nun neben der Nymphe. Ob er viel ausrichtet? Das Mägdlein scheint nicht geneigt, um der zwei steifbeinigen alten Gecken willen aus ihrer süßen Ruhe und ihrer mehr bequemen als eleganten Lage sich aufzurichten. So hat Klinger mit gutem Humor hier, wie auch früher schon, seine Studien aus dem zoologischen Garten zum Bilde abgerundet, und nicht nur die äußere Form der Stelzvögel, sondern gleichsam ihre Charaktereigenart studierend, mit feinem Sinn für Humor die Studie zum Bilde umgewandelt, einen tieferen Sinn in das Spiel mit Naturstudien gelegt.

Ein anderes Ölbild von 1882 besitzt jetzt Direktor Rummel, den „Abend" (Abb. 51). Das Motiv hatte Klinger mit ein paar Strichen schon 1878 auf einer Ballkarte der Kunstakademie skizziert, und nun sehen wir denselben antiken Jüngling mit zwei Begleiterinnen, die seinen Lauf hemmen, hinter der gefesselten und flüchtenden Jungfrau hereilen, um ihr den Laubkranz als hemmenden, fangenden Nelfen überzuwerfen. Das Bild ist gesund und heiter, kräftig gemalt, aber noch durchaus komponiert. Zu eigener Form im Gemälde sollte der Meister erst später kommen.

In Klingers Werken vollzieht sich in der ersten Hälfte der achtziger Jahre ein sichtbarer Wandel.

Die ernste Stimmung, die das Leben von seiner tragischen, von seiner dramatischen Seite erfassen läßt, tritt immer stärker hervor, hebt ihn weit hinaus über die Masse der Alltägliches und Gleichgültiges aussprechenden Künstler. Es ist, als ob er das düstere Lied vom Menschheitsschicksal, von Leiden und Entbehren, von Dulden und Überwinden ganz auszudichten und auszudenken sich vorgesetzt hätte. Während aber die alte Schule der traditionellen Historienmalerei das Drama des Lebens nur als etwas Vergangenes in geschichtlichen Gestalten wie Wallenstein, Napoleon und Richard III. vorzuführen gewagt hatte, zeigt Klinger, daß täglich um uns her Akte des Schicksalsdramas sich abspielen und daß sie eigentlich viel packender, viel unmittelbarer auf uns wirken, als jene historisch vergangenen. Eben diesen Griff in die gemeine Alltäglichkeit hat man ihm zum Vorwurf gemacht. Der Durchschnittsmensch läßt sich ja lieber historisch rühren und gruselig machen, als offenen Auges mitfühlend in die umgebende Wirklichkeit

Abb. 37. Kopfleiſten zu Amor und Pſyche. Entwurf.
Zeichnung. Dresden. Königl. Kupferſtichkabinett.

zu blicken. Wer ihm das Leiden ſeiner Mitmenſchen bebenden Herzens vor Augen ſtellt, von dem wendet er ſich ab und verſchanzt ſich hinter der Phraſe, die Kunſt ſoll das Schöne, d. h. für ihn das Angenehme darſtellen; oder „die Kunſt ſoll uns erfreuen" und da nun die Dinge, durch welche der Alltagsmenſch zu erfreuen iſt, oft nicht ſehr erhabener und ernſter Natur ſind, ſo bleibt nach ſolcher Leute Meinung der Kunſt nichts übrig, als herabzuſteigen zu ihrem Niveau. Nur beileibe nichts Häßliches oder Grauſiges — nichts den Nachmittagsſchlaf Störendes. Der Philiſter gibt ſich ſtets dem ſüßen Glauben hin, Kunſt ſei dazu da, ihm das Leben zu verzuckern. Er vergißt, daß der Künſtler nicht arbeitet, um ein hochverehrtes Publikum zu ergötzen, ſondern weil ihm ein Gott gab, zu malen oder zu dichten, was er leidet. Er vergißt, daß große Künſtler auch des Lebens Ernſt doppelt ſchwer empfinden und ſich berufen fühlen, von ihren ernſten Gedanken zu denen zu ſprechen, die hören und verſtehen mögen.

Aus ſolcher Stimmung heraus ſchuf Klinger ſein Opus IX, betitelt „Dramen". Die Entwürfe entſtanden ſeit Beginn der achtziger Jahre, die Radierungen 1883 und ſie wurden in Berlin ſogar mit der kleinen goldenen Medaille gekrönt. Es iſt eine Bilderfolge voll unerſchrockener Aufdeckung fürchterlicher Wirklichkeit, geſehen mit dem Auge des Künſtlers, der das Maleriſche auch da entdeckt, wo dem nüchternen Beſchauer nur graue Öde zu herrſchen ſcheint. Auf dem erſten Blatte, dem Vorſpiel, zieht der Genius des Dramas den Mantel hinweg vom Schickſal, von der rätſelhaften Sphinx, vor der Menſchenopfer bluten, Menſchen unter dem wankenden Kreuze angſterfüllt fliehen, Erſchlagene das Feld bedecken und Städte und Dörfer in Trümmern liegen. Zum erſtenmal erklingt hier aus Klingers Blättern das ſchwermütige Motiv von Hölderlins Schickſalslied: „Doch uns iſt gegeben, auf keiner Stätte zu ruhen." Es folgt eine Widmung an Guſſow, dann knapp und kurz auf dem dritten Blatte das erſte Drama.

Die Nacht hat ſich herabgeſenkt, aber der Mond zeichnet klar und deutlich alle architektoniſchen Formen der eleganten Villa (Abb. 52). Er ſieht herab auf den leichtfertigen und gewiſſenloſen Lüſtling, der die Gattin eines anderen verführte und den nun der rächende Schuß getroffen — auf die ungetreue Gattin, die grauenerfüllt ſich im Gebüſch zu bergen ſucht — auf den getäuſchten Gatten, der die Rolljalouſie emporgehoben und mit einem Flintenſchuß den Schänder ſeines Namens niedergeſtreckt hat, mit dem Schuſſe, der durch die Nacht rollend den ſchlummernden Taubenſchwarm aufſcheuchte, daß er zitternd dahinflieht. In diesem eleganten Hause, inmitten des prächtigen Parkes, in dem der Vorüberschreitende nichts als den Reichtum und die Annehmlichkeiten des Lebens vermutet, hat sich in stiller Nacht ein schreckliches Schicksal enthüllt, ein blutiges Drama abgespielt. Halbdunkel des Hintergrundes die Gestalt des blasierten Lebemannes auftaucht, gleichgültig die Cigarre im Mundwinkel haltend, mit ekelhafter Gelassenheit das Opfer erwartend, das er durch die Macht des Geldes sich erzwungen hat.

Wie Blatt 1 ein Drama aus dem Leben der guten Gesellschaft, eine Tragödie im Vorderhause, so schildert 3—5 das Drama im Hinterhause. Nach Klingers eigener Angabe ist es ein Bericht der Berliner Amtsgerichtsverhandlungen vom Sommer 1881 gewesen, der den äußeren Anlaß gab, die Geschichte einer Familie, durch den Krach verarmt. Auf den Gang, der sich vor der ärmlichen Mietswohnung hinzieht, hat sich die unglückliche Frau geflüchtet, auf die der Mann, der trunken heimkehrende, drohend losstürmen will. Nur mühsam wird er von den Nachbarn gebändigt, die, selbst jener ewigen Schreckensscenen überdrüssig, ihn zurückzuhalten suchen.

Das nächste Bild führt uns an die Rückseite der Schloßfreiheit, wie sie einst gestanden, als dort noch weit in das

Abb. 38. Amor. Entwurf.
Zeichnung. Dresden. Königl. Kupferstichkabinett.

Wie auf diesem Blatte das vielleicht aus Reichtum und üppiger Langeweile lasterhaft gewordene Weib, sehen wir auf dem nächsten („Ein Schritt") das durch die Not des Lebens verängstigte und bedrängte Geschöpf, das Mädchen, das, vielleicht halb verhungert, den Worten der alten Kupplerin lauscht, während aus dem Wasser hinein auf Pfählen die kleinen Häuser der Fridericianischen Zeit in malerischem Durcheinander mit glasgedeckten Hallen und Bretterverschlägen sich hinausstreckten (Abb. 53). Oben auf dem Treppenabsatz hängt das erschöpfte Weib in den Armen ihrer Retter, das die Qual ihres mißhandelten Daseins nicht länger ertrug

Abb. 39. Kopfleiste zu Amor und Psyche. (Op. V.)
(Verlag von Theo. Stroefer, Nürnberg.)

und im Wasser ewiges Vergessen gesucht. Mit unerbittlichem Eifer hat man es gerettet, und es steht dort umdrängt von Neugierigen, alten Weibern, jungen Herren, die, ihre Serviette noch vorgeknöpft, aus dem Wirtshaus herbeieilen. Unten am Wasser aber liegt die Leiche des Knaben, den sie mit sich in den Tod nehmen wollte. Das Weib lebt, der Knabe ist ertrunken, und starr liegt der kleine Tote neben ein paar teilnahmvoll darauf hinblickenden Männern. Auf dem Wasser aber schaukelt sich der Kahn, in dem ruhig und gleichgültig der Fischer sitzt, der das Rettungswerk vollbrachte. Ergreifend ist der Schluß, den Klinger für dieses Drama fand. Mochte das Weib auch aus Liebe, aus Erbarmen gegen den mißhandelten Knaben gehandelt haben, doch ist sie seine Mörderin, nicht der vertierte Vater. Dort sitzt sie in jenem Winkel des Gerichtssaales und am langen Tische vor ihr die Schar der Richter. Fast gespenstig scheinen die sechs abgeblendeten Gaslampen, in monotoner Reihe sich folgend, das traurige Dunkel über die Scene mit ihren sechs weißen Lichtkreisen zu durchbrechen. Eine trostlose, düstere Stimmung liegt über diesem Raume, in dem die Männer im schwarzen Talar Recht finden und Urteil sprechen müssen über die Unglückliche, der sie am liebsten Freiheit gäben. Die aber sitzt erschreckt und verschüchtert, ein Bild des Elendes, auf ihrem Sünderstühlchen. Möchte man sie wenigstens ins Gefängnis schicken. Sie hat dort täglich Brot und Schlaf, sie wird dort erlöst von der ewigen Angst vor Mißhandlung; wie bitter auch der Gedanke sein mag, daß der Urheber aller dieser Leiden, der vertierte Trunkenbold, frei und ungestraft seiner Wege geht.

Hätte Klinger noch so lebendig uns die Gestalt von Ankläger und Verteidiger in vollem Tageslicht vorgeführt, noch so eingehend die Verklagte und das Richterkollegium unter Aufwand aller psychologischen Feinheit geschildert, es würde alles das nicht diese ungeheuer schwere, düstere, großartig malerische Stimmung in uns erweckt haben, wie wir sie von dem so merkwürdig beleuchteten Raume empfangen, der auf unsere Phantasie, unsere Trauer überwältigend einwirkt.

Dann wieder eine Scene aus dem Berliner Verbrecherleben. Zur Linken die hohen Bogen der Stadtbahn, die schmutzig trübe Spree überschreitend, die zur Rechten mit ihren Kähnen sich hinzieht. Vor uns die Uferfahrstraße. Über das Pflaster hin ist einer gestürzt, vom Messer irgend eines Strolches getroffen. Entsetztes Volk um ihn her, der Straßenverkehr stockt, die Lastwagen halten an. Im Vordergrunde ringt der Schutzmann mit dem wütenden Mörder, der das Messer noch umklammert hält. Der Helm ist schon zu Boden gefallen, aber das Entsetzen und der anererbte Haß gegen die Polizeigewalt hindern

Abb. 40. Kopfleiste zu Amor und Psyche. (Op. V.)
(Verlag von Theo. Stroefer, Nürnberg.)

Schmid, Klinger.

Abb. 41. Psyche und Demeter. Radierung. (Aus: Amor und Psyche. Op. V.)
(Verlag von Theo. Stroefer, Nürnberg.)

die anderen, schnell genug hilfreich zuzugreifen. Was Klinger aus diesen monotonen, roten Backsteinbogen der Stadtbahn, aus den öden, grauen Kasernen dahinter und dem schmutzigen Wasser der Spree, mit ihren gleichmäßig von Quais eingesäumten Ufern malerisch herauszuholen, wie er in dem nebeligen, regnerischen Wetter, auf dem von Nässe glitzernden Pflaster, dieses im Polizeibericht so mager geschilderte Ereignis zu einem uns erschreckenden Drama umzumalen wußte, das ist im höchsten Maße ergreifend.

Daneben erscheint die nächste Scene fast friedlich und rührend: Stiller sonnenbeschienener Wald, im Vordergrunde Rock und Hut und darauf ein Brief, der dem Nächsten, der die Stelle betritt, sagen wird, wohin der gegangen, der des Lebens Last aus eigener Machtvollkommenheit hier von sich abgelegt.

Den Höhepunkt dieser Dramen bilden die drei letzten Blätter „Märztage", eine Erinnerung an das Frühjahr 1848, an jene Zeit, da das Berliner Volk zügellos sich selbst Recht zu schaffen suchte. Zunächst die Plünderung eines Hotels. Auf dem schmalen Wege, der zwischen den Häusern und der Spree sich hinzieht, jene ganze wild tobende, sich drängende Masse, jene Blindwütigen, die allen Widerstand niedergeworfen haben und nun Volksjustiz ausüben, so wie sie sie verstehen. Brüllend und lärmend haben sie sich auf ein Hotel gestürzt, dessen Inhalt verwüstend, aus den Fenstern die Habseligkeiten herausstürzend. Das ist die Einleitung.

Dann der Barrikadenkampf. Wir blicken die jetzt so langweilige Klosterstraße hinab mit ihren hohen Häuserreihen, über denen im Hintergrunde aus dem Dunkel her der kokette Kirchturm der barocken Parochialkirche auftaucht. Weiterhin die weiße Linie des Pulverdampfes von der Salve der feuernden Infanterie. Und vor uns die Wirkung dieses Feuers. Als dunkle Masse gegen den

Abb. 42. Zierleiste zu Amor und Psyche. (Op. V.)
Verlag von Theo. Stroefer, Nürnberg.)

Abb. 13. Zeus und Amor. Radierung. (Aus: Amor und Psyche. Op. V.)
(Verlag von Theo. Stroefer, Nürnberg.)

hellen Dampf abgesetzt die letzte der Barrikaden, in welche vernichtend das Infanteriefeuer einschlägt, so daß in dem Halbdunkel des Vordergrundes zwischen den einzeln noch stehenden wilden Kämpfern Tote und Sterbende, Fallende und Flüchtende erkennbar werden. Rechts im Vordergrunde die hohe Anschlagsäule, hinter der sich die Gestalt eines entmutigten Revolutionärs birgt, der starren Auges, mit schlotternden Knieen Rettung sucht vor den pfeifenden Kugeln, während über ihm die großen Plakate an der Säule gleichgültig Mitteilungen aus dem Freudenleben der Hauptstadt bringen.

So stehen wir mitten im Kampfe, und schrecklich entrollt sich vor uns jenes düstere Drama der Märztage. Und dann der Schluß. Die Spandauer Chaussee, die sich durch die flache, öde Landschaft hinzieht. Dunkel sticht gegen den Nachthimmel das Laub der Bäume ab, und unter ihnen auf der schmutzigen, kotigen Straße ein langer Zug derer, die lebend begraben werden sollen, der gefangenen Revolutionäre. Zu beiden Seiten hier und da aufblitzend das Bajonett oder die Helmspitzen der den Transport begleitenden Truppen. Was das elender, matter, todkranker Stimmung gefunden werden konnte, ist in dieser Landschaft ausgesprochen, durch welche die hilflos und machtlos gewordene Schar wie eine Herde zur Schlachtbank geführt wird, um in den dunklen Kasematten einer Festung zu verschwinden.

Wer könnte diese Schilderung betrachten, ohne an Rethels Totentanz zu denken, an die gigantische Schilderung des Revolutionsjahres 1848! Und wie interessant der Vergleich! Bei Rethel wird die blutlose, dürre Allegorie, die sich anfangs breit macht, überwältigt durch die unheimlich lebendige, in ihrer dämonischen Wildheit erschreckende Todesgestalt. Klinger verzichtet auf solche Allegorien, verzichtet überhaupt auf Einzelgestalten, auf Inhaltsangaben, läßt allein die Massen als solche, läßt die Töne wirken. Bei ihm sehen wir wirklich das tobende Volk, sehen wir wirklich die wenigen verzweifelten Kämpfer und Ueberwundenen, erstarrte Massen, die willenlos dahingeführt werden. Die Stimmung jener Zeit, nicht äußerliche Einzelheiten derselben, hat Klinger gegeben. Gegen das exakt Historische ist er ja so gleichgültig, daß er moderne Straßenbeleuchtung, Telephondrähte u. s. w. ruhig beibehält, obwohl sie anachronistisch sind. Aber als moderner Realist führt Klinger uns die Thatsache selbst vor Augen, Rethel dagegen eine Fabel in Bildern. Klinger giebt die Stimmung jener Zeit, nicht die Wirksamkeit des einzelnen, sondern der Masse. Rethel aber deutet diese Massen, das Volk, nur an, er personifiziert den Gedanken der Revolution, ihre Geißel, den Tod. Beide packen, beide überwältigen uns, aber ein jeder mit den Mitteln, die seiner Zeit entsprachen. Beide sind weit davon entfernt, die Revolution verherrlichen zu wollen, socialdemokratische Propaganda zu treiben. Dennoch fühlt man beiden an, daß sie ein Mitgefühl für jene Kämpfer nicht unterdrücken können oder ein Mitempfinden für das Großartige und Erschütternde, das in jedem Kampfe für Freiheit und Unabhängigkeit uns ergreift, auch wenn die Vernunft Anlaß und Form des Kampfes verurteilt.

Indessen entsteht zwischen 1881 und 1884 wieder ein großer Radierungscyklus, Opus VIII, „Ein Leben" betitelt. Schritt für Schritt sehen wir Klinger sich zu ernster Größe und mächtigem Beherrschen großer Gedankenreihen emporarbeiten. „Ein Leben" zeigt ihn als dramatischen Dichter der Menschheits- und Weibestragödie und zugleich als immer reiferen Darsteller in technischer Hinsicht. Hatten die „Dramen" etwas Lockeres im Gefüge, so konzentriert er hier sein künstlerisches Wollen auf eine der großen Lebensfragen, eines der modernen socialen Rätsel. Mit furchtbarem Ernst, frei von heuchlerischer Prüderie wie von verlogener Beschönigung stellt er das Schicksal des Weibes dar, das, schwach und hilflos, unbewahrt und zugleich von lodernder Sinnlichkeit gestachelt, zur Sünde verlockt wird und das, sobald es einmal der Versuchung erlegen, so grausam mißhandelt und gedemütigt, verachtet und verstoßen wird. Diese Schicksalstragödie aus dem Großstadtleben schildert er mit einem wunderbaren Ernst, und indem er sie ins Reich der Phantasie und Allegorie erhebt, entkleidet er sie der Gemeinheit und Lüsternheit, zeigt, wie sehr es ihm um den Kern der Sache zu thun ist, den seine aristokratische Natur nicht zum Vorwande für obscöne Darstellungen nehmen mag.

Abb. 11. Die erste Zukunft. Radierung. (Aus: Eva und die Schlange. Cp. III, 2.)

Für die erste, dem Schriftsteller Georg Brandes gewidmete Ausgabe radierte er ein Titelblatt, dessen Grundgedanke später auf einem Menzelschen Widmungsblatte wiederkehrt. Ein Gewappneter reitet in die Schranken, den Kampf aufzunehmen gegen vier vertrocknete Mumien, die grinsend ihm gegenüber kauern. Da ist die Historia, ein

Abb. 45. Die Schlange. Radierung.
(Aus: Eva und die Zukunft. Op. III, 3.)

altes Weib mit einer papierenen Krone, dort die Heiligenmalerei, die Pictura sacra mit heuchlerischem Heiligenscheine, weiter die Modernitas, das Salongecentum der Malerei, und endlich Homer, der antike Sänger, aus dessen Werken der Klassicismus die Brosamen aufzulesen pflegte. Gegen diese vier Phantome, die Väter verlogener, unwahrer und unwirklicher Kunst, heuchlerischer Verschönerung des Bildes vom menschlichen Dasein, dessen furchtbare Wirklichkeit sie gerne unter schönem Schein verbergen, will der Ritter ohne Furcht und Tadel, der treue Diener der Natur und Wirklichkeit, der Maler Klinger kühn zu Felde ziehen. Und wirklich war es kein geringes Unterfangen, ein so heikles Thema mit solcher Offenheit zu behandeln, den Herren der Schöpfung, den mit sich und einer hochwohllöblichen und unfehlbaren Polizeiweisheit so zufriedenen modernen Männern, den wunden Punkt aufzuweisen, an dem ihr Leben und ihre Gesellschaftsordnung krankt. Und nicht minder kühn, einem hohen Publikum, das unabläßig von der Kunst das Schöne, das Erhabene und das Gute verlangt, hier das Häßliche, das Schauerliche und das Gemeine, wenn auch in bester Absicht und edelstem Drange, so drastisch vor Augen zu führen. Und das wagte dieser junge Mann, dem man kaum Lebenserfahrungen, geschweige denn den hohen Ton des Predigers und Lehrers, des philosophischen Denkers und des Geißlers der Unsitten seiner Zeit zutrauen mochte, der aber weit über seine Jahre hinaus dachte und dichtete.

Klinger mochte fühlen, daß der Inhalt jenes ersten Titelblattes etwas allgemein, zu wenig auf das specielle Thema bezogen war, oder mochte denken, daß die Verwendung des Hauptmotives auf dem Widmungsblatte an Menzel eine Wiederholung unpassend mache, und so gab er zur zweiten Ausgabe ein anderes Bild „Nächtliches Meer"; durch die Fluten gleitend einen Kahn, in dem ein Weib sitzt, während ein nackter Mann das Ruder führt. Ist es das Weib, das Meer des Lebens befahrend, das ewig abhängig von dem seine Geschicke bestimmenden Manne bleibt?

In späteren Auflagen fehlen diese beiden Titelblätter und Klinger beschränkt sich auf zwei „Vorreden". Wie mit dem Drange nach Erkenntnis die Sünde in die Welt kommt, erzählt das Blatt Präfatio I. Eva steht vor uns unter dem Baume der Erkenntnis, einem wunderbar starken, üppigen und tiefbelaubten Stamme. Weithin, von Baumgruppen unterbrochen, erstrecken sich die Gefilde des Paradieses. Nichts ist sichtbar als einige Flamingos, die ernsthaft auf einem Fuße stehend, simulieren oder leichtfüßig umherstelzen. In der weiten sonnigen Einsamkeit steht Eva und,

Abb. 16. Bär und Elfe. Radierung. Aus: Intermezzi. Op. IV, 1.
(Verlag von Theo. Stroefer, Nürnberg.)

wie die Unterschrift besagt, hört sie die klugen Worte der Schlange: „Ihr werdet mit nichten des Todes sterben, sondern nach dem dunkel Empfundenen, von den Sinnen Ersehnten, aber dem Bewußtsein mit seinen Schmerzen und Gefahren noch

Abb. 47. Simplicius am Grabe des Einsiedels. Radierung. (Aus: Intermezzi. Op. IV, 8.)
(Verlag von Theo. Stroefer, Nürnberg.)

eure Augen werden aufgethan!" Wieder will der Künstler im ersten Weib die dämmernde Sehnsucht, die geheimnisvolle Frage Unbekannten geben. Wie in Eva, so erwacht in jedem jungen Weibe einmal im Leben der Erkenntnistrieb, und vielen wird

er zum Fallstrick. Vom Erwachen sündlichen Begehrens im Weibe spricht somit symbolisch auch dieses Blatt.

In einer zweiten Präfatio stellt Klinger neben die lachende, sonnige Paradieslandschaft den nächtlich düsteren, wilden Wald. Ein hexenhaftes Weib rührt im brodelnden Kessel, von Flammen beschienen, ein nackter

Abb. 49. Die Chaussee. Radierung.
(Aus: Vier Landschaften. Op. VII, 2.)

Kerl hockt bei ihr unterm Baume, aus dessen Zügen tierische Gier und teuflischer Hohn mit grinsendem Behagen sprechen. Ist es das Gegenspiel zu jenem erwachenden Naturverlangen? Ist es die menschliche Bosheit, die teuflische Freude, Böses zu stiften, das Gute und das Unschuldige durch heimliche Mittel zum Falle zu bringen, das in dieser, den Zaubertrank brauenden Hexe symbolisiert wird? Oder will Klinger hier, wie H. W. Singer im Studio (Bd. V) wohl mit Recht vermutet, uns nur bildlich sagen, daß das Weib für den Mann die Kastanien aus dem Feuer holen muß? Jedenfalls stimmt die düstere Scene mehr als jenes heitere Paradiesesbild zum Grundtone des Cyklus.

Weiter sehen wir ein junges Weib, ein Mädchen in der ersten frühen Blüte. Aufgescheucht aus dem Schlummer, sitzt sie vor uns im Bette, ihre Augen suchen irrend und unsicher. In dem Dunkel, das sie umgibt, scheinen, Kopf an Kopf, sich Gestalten zu drängen, deren heiseres Flüstern sie im Halbschlafe umschwirrt. Männerköpfe, alte und junge, der eine sehnsüchtig begehrend zu ihr hinaufschauend, andere frech sich an sie drängend, Reizvolles und Gemeines flüsternd. Dahinter ein letzter mit satanischem Grinsen und ein paar Händen, die wie Teufelskrallen nach dem Weib zu packen scheinen, das sich schaudernd und fröstelnd zusammenschmiegt. Es sind die ersten lüsternen, lockenden Träume, welche die junge Seele zur Verführung reif machen.

Und sie hat nicht lange auf sich warten lassen, diese Verführung. Durch dunkle Tiefen, auf gespenstigen Tieren fahren zwei junge Menschen dahin (Abb. 54). Über ihnen schlägt das Meer der Leidenschaften zusammen, Steine werden ihnen nachgeschleudert. Ein riesiger Schneck liegt auf dem schwarzen Meeresgrund und reckt tastend die Fühler empor. Aber die beiden auf den seltsamen Fischen dort spüren nichts als die Trunkenheit und die Wonne des Sichnaheseins, ihre Körper strömen zusammen, ihre Lippen suchen einander, und weder die Schrecken der düsteren Tiefe, noch das verlorene Licht des Tages empfinden sie in dem Augenblick, da sie im Taumel der Leidenschaften, Verführer und Verführte, lautlos und unmerklich zur Tiefe hinabgleiten.

Abb. 50. Gelandschaft. Eigenmäße. Besitzer: v. Seydlitz, Dresden.

Das folgende Bild „Verlassen" spricht deutlich. Verrauscht ist die Leidenschaft, verschwunden der, der sie entfacht, weit und öde scheint alles ringsum, kein Hoffnungsgrün umlaubt die Landschaft. Durch den unfruchtbaren Sand schreitet das einsame Weib in den Mantel gehüllt, fern aller Hilfe, fern aller Teilnahme, fern aller Hoffnung, einsam und verlassen den Lebensweg.

Ihr, die aus Liebe gesündigt, macht jetzt das Laster frech sein Anerbieten, ihre Reize, die sie aus Leidenschaft preisgab, glaubt der lüsterne Greis um Gold erkaufen zu können. Angeekelt stößt sie den widerlichen Alten mit einem Fußtritt von sich, jede Sehne ihres Körpers spannt sich vor Entrüstung und Abscheu.

Nicht so leicht ist sie zu gewinnen, und die wilde Natur, unfähig, dem Drängen ihrer Triebe zu widerstehen, will sich doch nur dem hingeben, der etwas um sie wagt, der in gefährlichem Ringen ihrer begehrt. Wie auf dem Blatte „Die Rivalen" jene Cirkustänzerin im spanischen Kostüm, nachlässig sich fächelnd, im Halbdunkel an der kleinen Pforte steht und mit leidenschaftlichem Blicke die beiden Männer verfolgt, die um sie werben (Abb. 55), den Dolch in der Hand, zum Sprunge geduckt, die Schwäche des Gegners ablauern, um den verhaßten Nebenbuhler niederzustoßen! Nicht mehr die reine Leidenschaft der ersten Verführung, sondern die grausame Wollust des leidenschaftlichen Weibes spricht aus diesem Bilde, aus der halb nachlässigen und halb gespannten Bewegung ihres Körpers und dem gierigen Blick ihrer Augen und dem breiten Lächeln ihres Mundes. Das Ganze ist zugleich eine vornehme Einkleidung jener häßlichen Großstadterscheinung des Zuhältertums. In der Behandlung verleugnet dies Blatt nicht die Beziehung zu Goya, der vielleicht auch auf die Wahl der Kostüme Einfluß hatte.

Noch ist das Weib sich ihrer Reize bewußt, noch kann sie diese als „Künstlerin" ausbeuten und wenigstens scheinbar auf eine nicht ganz unwürdige Art ihre Existenz erhalten. Wenn sie auch für alle Ballett tanzt, in dem tollen Wirbel ihre Reize schamlos enthüllt, so ist sie doch stolz im Besitze derselben, noch umringt und umschwärmt von denen, die in ihr die Schönheit und die wollustatmende Pracht der Glieder bewundern. — Aber die Zeit und der Mißbrauch rauben ihr eines Tages auch diese Reize. Gealtert, unförmlich an Gestalt, abgerissen in ihrer Kleidung, darf sie nicht mehr an das Licht des Tages sich wagen. Nächtlings streicht sie durch die Straßen in jener schamlos herausfordernden Haltung, die höchstens noch irgend einen Trunkenen anlocken kann.

Da umfangen sie wilde Träume. Der Teufel selbst hat sie gepackt und trägt ihren entehrten und entstellten Leib offen vor aller Welt durch die Nacht dahin. Und sie alle, die einst ihrer begehrt, die Alten und die Jungen, die Leidenschaftlichen und die Blasierten, die Vornehmen und die Geringen, stehen im Kreise um sie her. Mit cynischem Lächeln, entsetzter Verachtung, blasiertem Spott betrachten sie den Leib, den sie selbst um ihrer Lüste willen zerstörten. Jetzt bietet die alte Kupplerin vergebens die entwertete Ware ihrer Kundschaft an. Allen ist sie nun ein Greuel geworden, alle stoßen sie mit Abscheu von sich. Selbst die alten Weiber, die einst noch sie ausgebeutet, kehren sie mit dem Besen der Verachtung hinab in die Gosse, hinab in den Schmutz, aus dem es kein Entrinnen und keine Rettung gibt. So ist sie dem Untergange verfallen. Aus den schmutzigen Fluten eines trägen Wassers ragt in Todesangst, Verzweiflung in den Zügen, das Haupt der Ertrinkenden. Die Wolken am Nachthimmel säumt der Mond mit seinem Lichte, und er gleitet über das Antlitz, das, entstellt und gealtert, mit tief in den Höhlen ruhenden starren Augen, mit scharf heraustretenden Backenknochen, der klumpig gewordenen Nase das Zerrbild jenes Weibes zeigt, das auf dem ersten Bilde „Der Traum" jung und voll sinnlicher Schönheit uns erschien. Aus dem geöffneten Munde quillt gurgelnd die ausgestoßene Flut, und hilflos, rettungslos sinkt sie in das schwarze sumpfige Wasser, erstickt im Schmutz.

Und nun ein Epilog. Die Menschen haben sie verderbt, die Menschen haben sie vernichtet und gerichtet. Keiner auf dieser Welt hatte Erbarmen, keiner streckte der Sinkenden helfend die Hand hin. In der schwarzen Höllenhöhle sitzt sie im Kreise der anderen Sünderinnen. Vorn öffnet sich uns der Blick auf die Herrlichkeit des Paradieses, in dem gut bewachte, unschulds-

Abb. 51. Abend. Ölgemälde. Besitzer: L. Kummel, Berlin

volle, junge Mädchen den Himmelsreigen tanzen dürfen. Aber ein Engel mit flammendem Schwerte ist vor der Hölleneinfahrt aufgepflanzt, um als Schutzmann der Sittlichkeit und Moral die Gefallenen vom Licht fernzuhalten. Und da, mitten unter ihnen, in der dunkelsten Tiefe erscheint die Lichtgestalt Christi, der einzige Trost, der ihnen geblieben, er, der auch die Ehebrecherin nicht verdammte, der auch dem reuigen Schächer das Paradies verhieß. Sehnsüchtig blicken sie zu ihm auf. Wenn keiner unter jenen Menschen, welche Christi Wort von der erlösenden Liebe im Munde führen, ihrer sich hat erbarmen wollen, er selbst weilt doch mitten unter ihnen. Man hat in dieser Darstellung eine schändliche Profanierung des Gottessohnes gewittert und das Verdammungsurteil über den Künstler, der solches darzustellen wagte, ausgesprochen. Als ob der wahre Christus nicht gerade zu Zöllnern und Sündern gekommen wäre und ihnen verkündet hätte seine Liebe zu ihnen und seine Verachtung gegen die Reichen, die Pharisäer und Schriftgelehrten.

Ein ähnlicher Gedanke klingt im zweiten Epilogblatte an. Vor uns zwei Frauengestalten, deren eine tief verhüllt und schmerzgebeugt zusammenzubrechen scheint, deren andere aber sich erstaunt und fast erschreckt umwendet. Denn hinter ihr in Lichtgestalt, kolossal, als ob er den Weltenraum füllen wollte, erscheint der Gekreuzigte; nicht wie der kirchliche Maler ihn heute darzustellen pflegt, sondern nackt, als bartloser Riese von unbestimmtem Alter, mehr ein Repräsentant der duldenden Menschheit als das Bild Christi am Kreuze. Und über ihm steht das Wort: „Leide!" und das ist vielleicht der Trost, den er den beiden da vorn predigt: Lernet leiden, denn zum Leiden sind wir alle geboren. Mußte selbst der Gott am Kreuze leiden, so tröste du, Weib, dich damit.

Es folgt noch ein dritter Epilog. In Nichts zurück sinkt sie, die aus dem Nichts geboren. Eine gewaltige Sense zerschneidet den dünnen Faden, der sie noch an das Leben, an das Diesseits band. Machtlos sinkt der nackte Körper in die bodenlose Tiefe, wo die Finsternis ihre schwarzen Fittiche ausbreitet und in ihren Armen sie auffängt. In das ewige Nichts sinkt das Leben zurück. Großartig und packend ist diese Darstellung des letzten Schicksals neben den beiden Blättern der christlichen Verheißung. Von Trost und Herrlichkeit im Jenseits auch für den Sünder, wie sie das Christentum lehrt, kommen wir hier zu dem modernen Gedanken der Auflösung in Nichts, jener schrecklichen Verneinung, die doch dem Weisen mehr Anreiz zu einem tüchtigen Leben bietet, als manchem Frommen jenes Versprechen der Vergebung und Erlösung im Christenhimmel.

Das sexuelle Problem, das ja in jenen Jahren litterarisch vielfach behandelt wurde, greift Klinger hier malerisch auf. Er spricht davon nicht mit lüsterner Pikanterie, sondern mit dem Ernste des socialen Forschers, des Richters über sociale Gebrechen. Seine Auffassung der Frage ist dabei echt germanisch. Er schildert die Dirne in ihrer Abhängigkeit vom Manne, als das tragische Opfer seiner Unersättlichkeit und Gemeinheit, während sie den Romanen, einem Zola (Nana), oder dem romanisierten Rops der Urquell des Lasters, die Verführerin ist, die Sirene, die den schwachen Mann anlockt, aussaugt und zerfleischt. Wie das Strafgesetz der romanischen Völker das verführte Weib schutzlos preisgibt, während das deutsche und mehr noch das englische sie zu schützen versucht, so tritt auch Klinger für sie ein gegen die ruchlose Gier der Männer.

Wer gewohnt ist, bei Kunstwerken vor allem nach dem Inhalt, nach dem Gedankengehalt zu fragen, der wird, mag er diese Gedankenfolge ablehnen oder annehmen, nicht leugnen können, daß hier ein Denker, ein Philosoph über eine der großen modernen Lebensfragen inhaltsvoll genug sich ausspricht. Nicht so klar und so entschieden wie die Moraltheoretiker, dem alle diese Dinge so einfach lösbar erscheinen, wenn er Glauben und Tugend lehrt und verlangt, daß alle Menschen nach seinem Programm untadelhaft leben sollen. Sondern mehr wie ein Mensch, der es fühlt, daß Geheimnisvolles und Rätselhaftes hier noch in Überfülle verborgen ist, der nicht so sehr eine präcise Antwort auf Fragen geben, sondern die Fülle von Fragen, die ihm selbst bei diesem Thema auftauchten, in künstlerischer Form uns unterbreiten will. Darum mag er nicht mit gemeiner Deut-

Abb. 52. In flagranti. Radierung. (Aus: Dramen, Op. IX, 1.

lichkeit uns das Leben einer bestimmten Ge=
fallenen pikant erzählen, sondern die Einzel=
gestalt und das einzelne Leben zum Typus,
zum Gattungsbegriff emporheben. Um so
angemessener erscheint die poetische sym=
bolische Sprache in der Bilderfolge, deren
jedes, rein malerisch betrachtet, vollständig
klar und abgeschlossen, aber gedanklich oft
mehr andeutend, als enthüllend ist. Zu be=
wundern bleibt vor allem, daß er nie=
mals im leeren Allegorischen stecken bleibt,
immer ein wirkliches Bild gibt, das, wie
etwa der „Christus in der Vorhölle", der
„Untergang der Ertrinkenden", der „Kampf
der Rivalen", auch außerhalb des Cyklus
vollen Wert und Inhalt behält. Das ist
ein Prüfstein für die künstlerische Lebens=
fähigkeit cyklischer Bilder. Man nehme aus
den Cyklen der früheren Romantiker dies
oder jenes heraus und stelle es ohne Zu=
sammenhang uns vor, so wird oft Sinn
und Bedeutung ihm fehlen.

Klinger aber, der immer als Maler
in Bildern sieht, produziert wirkliche ab=
gerundete Gemälde, deren Gedankenzu=
sammenhang freilich naturgemäß lockerer
und etwas unbestimmter ist und sein soll.

Für die erste, 1884 in Berlin er=
scheinende Edition radiert er eine Aus=
gabevignette, die das Datum 1. XII. 1883
trägt und für das Inhaltsverzeichnis ätzt
er eine Vignette in Glas. Wie ernst er
es nahm, beweist die Thatsache, daß fünf
Platten als unbrauchbar zurückgestellt wur=
den (Probedrucke im Dresdener Kupferstich=
kabinett). Zum „Anerbieten" ein Entwurf,
wobei der Alte von rechts her kommt, zu
„Auf der Straße" eine Version, wobei die
Dirne von vorn gesehen, frech lauernd
unter der Laterne steht, zu „Untergang"
eine veränderte Darstellung des Kopfes.
Als Epilog war statt „Christus unter den
Sünderinnen" „Christus und die Sama=
riterin am Brunnen" radiert. Endlich
als Endblatt (Finis) das auf den Flügeln
des Todes ins Nichts hinabgetragene Weib,
über dem schattenhaft embryonale Gestalten
schweben.

Von 1883—1886 lebte Klinger in
Paris, eifrig bemüht, die mannigfachen
neuen Eindrücke durch intensive Arbeit in
sich aufzunehmen und zu verarbeiten, sie
seiner persönlichen Anschauung anzupassen.
Stärker als früher nahmen ihn hier neben
der Antike die Werke der italienischen
Renaissance in Anspruch, und vor allem
erwachte in dieser Malerstadt das Be=
dürfnis, in jenem großen Stile und jener
freien Auffassung der damaligen pariser
Schule malerisch thätig zu sein. Es ent=
steht 1885—1887 das Urteil des Paris
(Abb. 56), das nach langem Wandern
schließlich im Heim eines kunstverständigen
Privatsammlers, des Architekten Hummel
in Triest, Ruhe gefunden hat, nachdem es
dem Widerstande der Dresdener Kritik
war, den von Woermann und anderen
aufgeklärten Kunstfreunden beabsichtigten
Ankauf für die dortige Galerie zu ver=
eiteln. Als es 1886 in Berlin ausgestellt
wurde, konnte kaum einer dort verstehen,
was Klinger hatte aussprechen wollen.
Wenn er das Urteil des Paris nicht im
Anschluß an antike Vasenbilder, sondern
in jener freien Behandlung, wie sie etwa
dem Geiste der Frührenaissance entsprach,
vorbrachte, so empfand man das nicht als
Erlösung aus fesselnder Tradition, sondern
als eine ungeziemende Kühnheit und Willkür.
Alles an diesem Bilde, die Auffassung der
Persönlichkeiten und die zerstreute Anord=
nung derselben im Raum, die Größe der
Leinwand und die moderne helle Farbe,
die eigentümliche Dreiteilung und vor allem
die Verbindung des Gemäldes mit farbiger
Plastik, verletzten das Auge der Berliner
Kritik. Wo blieb da die ehrbare Strenge
oder die naturalistische Genauigkeit, die
allein in solchem Thema zulässig erschien?

Der Königssohn Paris schien sich auf
dem flachen Dache einer Säulenhalle nieder=
gelassen zu haben, welche dem väterlichen
Palaste benachbart ist. Unter diesem flachen
Dache hinweg und über dasselbe hinaus
sah man weit in die für ihn in zartestem Lichte
erglänzende Landschaft. Zur Rechten auf
die rauhen Felsen eines Vorgebirges, das
sich fern in das blaue Meer hinaus er=
streckte, zur Linken auf eine bewaldete Höhe,
durch deren üppiges Laub hindurch man
den Meeresspiegel erblickte.

Zur Linken sitzt Paris, aufmerksam mit
knabenhafter Neugier das ungewöhnliche
Schauspiel erwartend, das seinen entzückten
Augen sich bietet. Hinter ihm der Götter=
bote Hermes, der zwar den Rücken wendet,
aber in verzeihlicher Neugierde sich umblickt,
denn auch seine Götteraugen haben wohl

Abb. 53. Eine Mutter. Radierung. (Aus: Dramen. Op. IX, 4.)

Abb. 54. Verführung. Radierung.
(Aus: Ein Leben. Op. VIII, 4.)

nie zuvor gesehen, daß Juno, die keusche, gestrenge Göttermutter, das weite Gewand niederlegend, stolz und selbstbewußt die Pracht der in reifer Fülle erglänzenden Glieder fremden Blicken preisgibt. Aber sie steht dort mit jener natürlichen Unbefangenheit, die so ganz antik empfunden ist, ruhig, mit ausgebreiteten Armen und einem kühnen und freudigen Ausdruck, sicher, daß so göttlicher und erhabener Schönheit der erste Preis zuerkannt werden muß. Hinter ihr steht Pallas Athena, herber und jungfräulicher in der Form. Den Unterkörper umhüllt noch der Mantel, aber die Flechten des langwallenden Haares löst sie, vielleicht um ihrer strengeren Schönheit damit einen farbigen Hintergrund zu geben. Rechts harrt Aphrodite, ganz Liebreiz und schwellende Anmut, das feine von Sinnlichkeit durchglühte Antlitz, das etwas modern arrangierte Haar lassen weniger die antike Göttin als das Liebessehnsucht erweckende Weib erkennen. Wie fröstelnd hat sie sich vorläufig noch einmal in ihren Mantel gehüllt, den sie freilich so an sich zieht, daß die lieblichen Formen des Leibes

Abb. 55. Rivalen. Radierung. (Aus: Ein Leben. Op. VIII, 7.)

mehr kokett angedeutet, als schamhaft verhüllt sind. Der Gegensatz zwischen dieser knospenhaften jungfräulichen Lieblichkeit und der großartigen Strenge des ausgereiften Weibes in der Heragestalt sind wundervoll.

Über die große Fläche des Bildes hin sind zwei senkrechte und zwei wagerechte Leisten gespannt, die einmal die Mittelscene umrahmen und schärfer hervortreten lassen, andererseits links und rechts je ein schmales Feld abgrenzen. Dazu kommen am Unterteil des Bildes drei kühn modellierte Hochreliefs. Zur Linken ein fröhlich trunken grinsender Satyrkopf, mit Blumen und Laub bekränzt, in der Mitte wohl die Eris, die halb verhüllt aus einem mit Schlangen geschmückten Rahmen hervorlugt, als ob sie den Erfolg des Unheil stiftenden Urteils hohnlachend erwarte. Zur Rechten aber ein gigantischer Greis, der einen der Köpfe der Zwietrachtshydra zu zerdrücken bemüht ist, während der andere, nicht plastisch, sondern nur malerisch dargestellt, sich hoch über ihm emporhebt. Das schlangenumzüngelte Haupt, der dunkle Körper heben sich wundervoll von dem hellen flügeltragenden Pfeilschützen Amor ab, der den rechten Seitenteil des Bildes mit seiner Lichtgestalt erfüllt.

Dem unbefangenen Beschauer mußte das Werk durch seine Kühnheit und Eigenart imponieren. Ganz abweichend von allem Banalen, ersetzte es den breiten Goldrahmen durch antik gebildetes Leistenwerk, das die große Fläche, dem Auge wohlthuend, in kleinere zerlegte, ohne den Zusammenhang der Landschaft aufzuheben, die hinter diesem Rahmenwerk sich unmittelbar fortsetzt. Die drei großen Reliefs mit ihrer herzhaften Bemalung sprangen dazu so weit vor und so unmittelbar in das Auge, daß das in lebhaften Farben gehaltene Gemälde durch sie doch in weite Ferne gerückt erscheint. Und wenn man das Ganze als große Dekoration eines Saalhintergrundes betrachtet, so brachten diese drei Sockelreliefs den glücklichen Übergang von der Architektur des Raumes zu der Fläche und Farbe des Bildes. Überhaupt hatte Klinger sichtlich das Bestreben, auszusprechen, daß ein Bild von solchen Dimensionen unmöglich wie ein kleines Stillleben in üblichem rechteckigen Rahmen an die Wand geheftet werden könne, sondern wie der Durchblick durch eine geöffnete Wand in fernen mythologischen Zeiten und Räumen sich darstellen müsse.

Daß er in der Farbe statt der dumpfen, schweren Ateliertöne der Altmeisternachahmung das freie Licht der wirklichen Natur und doch möglichste Farbigkeit anstrebte, daß er versuchte, Pleinairist zu sein, sozusagen auf eigene Faust und mit eigenen Mitteln, nur soweit seine eigene Naturbeobachtung ihm es vorschrieb und ohne die Farbigkeit aufzugeben, das erschien damals noch als besonders tadelnswert.

Daß er Plastik und Malerei zugleich mit dem architektonischen Rahmen zu einer idealen Einheit malerisch zusammenfaßte, statt sie ängstlich in ihrem Material und ihren Wirkungen zu trennen, war ein glücklicher Versuch, der freilich zu neu und überraschend erschien und selbst für Klingers Anhänger zum Teil mehr befremdend als überzeugend wirkte. Heute verstehen wir besser, wie richtig in seinen Absichten der Künstler hier auftrat, heute wird unser an weit lebhaftere Farben gewöhntes Auge den Farbenreichtum, die Helligkeit und den Glanz dieses Werkes, das in einer Mischung von Oel und Temperamalerei ausgeführt ist, besser würdigen und über der Originalität der Komposition nicht vergessen, wie großartig rhythmisch doch das Ganze wirkt.

Wie fein verstand es Klinger, einmal davon Abstand zu nehmen, die drei Frauen zu einer Gruppe zu vereinigen, die doch als Wettkämpferinnen um den Schönheitspreis feindlich nebeneinander stehen mußten! Durch die Verteilung der Figuren im weiten Raume kommt auch die Landschaft viel mehr in ihrer ganzen Herrlichkeit zur selbständigen Wirkung, erscheint nicht nur, wie sonst, als unvermeidlicher Hintergrund. Der Gedanke, auf köstlichem antiken Mosaikpflaster mit seiner klaren Kühle die Gestalten aufzubauen, sie von der hellen Luft des Hintergrundes hell und leuchtend abzusehen, zeigt, wie er bestrebt ist, eines der Hauptprobleme der Freilichtmalerei für sich zu lösen. Eher als die meisten deutschen Künstler hatte er erkannt und in diesem Bilde bewiesen, daß das Ziel in neueren Malerei vor allem ist, das dekorative Element auch im großen Historienbilde zu entfalten und statt nüchterner

Abb. 56. Urteil des Paris. Ölgemälde. Besitzer: A. Hummel, Triest.

Naturausschnitte ideale Phantasieschöpfungen auf der Grundlage gewissenhaftesten Naturstudiums zu bilden.

Daß keine der deutschen Galerien dieses bahnbrechende Meisterwerk sich gesichert, bleibt einer der größten Vorwürfe, die späterhin unserer Zeit gemacht werden dürften. Statt die Fülle des Neuen und Guten an diesem Werke zu würdigen, erging sich die Kritik, soweit sie nicht völlig verständnislos ablehnte, in kleinlichen und verfehlten Erörterungen. Man tadelte, daß die üblichen allegorischen Beithaten fehlten, während doch Klinger bestrebt gewesen war, dieselben überflüssig zu machen und allein aus dem Typus der Formen heraus die Namen der Göttinnen erraten zu lassen.

Abb. 57. Nymphe und Faun.
Federzeichnung. Dresden. Königl. Kupferstichkabinett.

Neben diesen Hauptwerken ging natürlich auch in der Mitte der achtziger Jahre eine Fülle von Kleinarbeit, von Studien und Entwürfen her.

Klingers zeichnerisches Können hatte sich ungemein entwickelt. Nur selten noch arbeitet er in der Manier seiner Frühzeit mit seinen Konturen, dünn gestrichelten Schatten und leicht getuschten Tönen. In der Mitte der achtziger Jahre hat er einen eleganten und sicheren Strich gewonnen. Er zeichnet häufig in Dürers Art mit schwungvollen Pinselstrichen in Schwarz und Deckweiß. Die größere malerische Haltung (Abb. 57) und namentlich die durch seine spätere Stichelmanier bedingte scharfe, detaillierte Einzelzeichnung verlangen eine mannigfaltig gestaltete Studientechnik. Auch einige radierte Einzelblätter entstanden. 1884 feierte der Verein Berliner Künstler die Wiederkehr des Tages, da er 50 Jahre zuvor den jungen Menzel zum Erscheinen seines Jugendwerkes „Künstlers Erdenwallen" beglückwünscht hatte. Dazu gab Klinger ein

Abb. 58. Widmungsblatt für die Menzeljubelfeier 1884. Radierung.

Widmungsblatt, zu dem er jenen gegen Historia, Modernitas, pictura sacra und Homer kämpfenden Ritter als Kopf verwandte (Abb. 58). Unten sitzen die letzten Teilnehmer der Erinnerungsfeier beim letzten Schoppen, darunter Klinger, dessen lebhaft vorgetragene Theorien wenig Teilnahme zu finden scheinen.

Am feierlichsten aber sprach Klinger seine Menzelverehrung in einem berühmt gewordenen Widmungsblatt aus (Abb. 59). Aus stürmender See heben sich antike Wassergottheiten empor. Ihnen legt eine Götterfaust einen gewaltigen Felsblock auf den Nacken, daß ihr wilder Mut und ihr himmelstürmender, siegesgewisser Eifer gebändigt wird. Der Felsblock auf dem Nacken der antikisierenden Kunstwelt trägt in Riesenlettern den Namen Menzel. Zur Linken hängt eine Guirlande, aus deren Gewinde lorbeerbekrönte Masken herausschauen, erstaunt, erzürnt, mißmutig oder gleichgültig, je nach dem Temperament des betreffenden Akademieprofessors, den die Maske zu repräsentieren hat.

Wie Klinger in seiner Frühzeit verehrungsvoll zu Adolf Menzel aufblickte, so mußte ihm, je mehr sein Können zur Phantasiekunst sich ausreifte, die zweite Riesengestalt der neueren deutschen Kunst, mußte ihm Arnold Böcklin sich aufdrängen. Aber wie er von Adolf Menzel den scharfen Blick für die Wirklichkeit, für das Leben auch im Kleinsten, für die Richtigkeit auch im Nebensächlichen annahm, ohne dabei Nachahmer Menzels zu werden, nur weil es offenbar seinem eigensten Wesen entsprach, so stellte er sich auch zu Böcklin. Keiner der Modernen hat sich vielleicht tiefer vom Hauche seines Geistes durchdringen lassen. Aber während wir eine Reihe von jüngeren Malern besitzen, deren Gemälde auf Ausstellungen, von weitem betrachtet, ohne weiteres den Gedanken an Arnold Böcklin in uns aufleuchten lassen, aber bei näherer Betrachtung sich dann als Nachempfundenes erweisen, wird man solches von keinem einzigen Werke Klingers behaupten können. Das ist das Meisterliche in seiner Natur, daß ihn Vorbilder zwar begeistern, emporheben, vielleicht in ein neues Stadium der Anschauung und der formalen Gestaltung drängen können, ohne daß er auch nur eine Linie seiner persönlichen Eigenart dabei aufgibt. Und hier hätte die Gefahr nahe gelegen, denn Klinger ging so weit, eine Reihe von Werken des bewunderten Züricher Meisters zu radieren. Freilich auch diese Radierungen waren keine Kopien Böcklinscher Werke, sondern Nachdichtungen in Schwarz und Weiß. Denn was dem Farbendichter Böcklin kaum anders als farbig auszusprechen möglich war, das konnte der Griffelkünstler Klinger wundervoll in dieser einfacheren Form nachempfinden. So radierte er schon 1881 Böcklins romantische Schöpfung, die „Burg am Meer". Und wirklich war dieses Lied von der alten Burg, so einsam und verfallen, so morsch und brüchig, um deren gespaltenen Turm nur Raben noch flattern, recht geeignet zur Kupferätzung. Klinger hat mit größter Kühnheit die Tongegensätze herausgearbeitet, die düstere Stimmung festgehalten.

Dann folgte eine Nachbildung der „Toteninsel", der „Lebensalter" und für Gurlitts Ausstellungskatalog eine überaus zarte Aquatintaätzung des „Sommertages", die auch in dem kleinen Formate den Reiz des Originals, sein strahlendes Licht, festhielt.

Nach einer „Flora" Böcklins radierte, stach und schabte Klinger schließlich Ende 1888 (erster Abdruck im Januar 1889) das Brustbild eines jungen Weibes (Abb. 60). Wohl leuchtet das Original des großen Zürichers noch durch. Aber Klinger milderte seine strenge Größe, schuf daraus ein Symbol der heiter noch hell dem Wiesengrund durchrieselnden Quelle, die das Auge und Ohr so zart zu ergötzen vermag. Hell hebt sich die Gestalt vom dunklen Grunde, ein lockendes Lächeln um Augen und Lippen.

Im ersten Plattenzustande, von dem ein Abzug im Dresdener Kabinett erhalten ist, sind noch beide Hände über der Brust gekreuzt, die Landschaft heller getönt.

Als Klinger dann seinen Cyklus Opus X „Eine Liebe", an dem er fast ein Jahrzehnt tätig gewesen, 1887 veröffentlichte, da weihte er ihn Meister Böcklin, als dem neuen Stern, der leuchtend am Himmel seiner Kunst aufgegangen war und dessen poetischer Geist aus so manchem dieser Blätter deutlich zu uns durch Klingers Vermittelung spricht. Böcklinmäßig mutet uns vor allem das Titelblatt an. Das

Abb. 59. Menzeladresse.

weite wogende Weltmeer, aus dem zackig einsames Felsgestein ragt, jenes Weltmeer, das Böcklins Phantasie persönlich lebendig machte, streckt sich vor uns aus. Gischt und Dampf steigen empor und ballen sich zu dicken Wolken, in denen man eine phantastische satyrhafte Figur undeutlich zu erkennen glaubt. Und diese Dämpfe umkreisen in der Höhe Felsengipfel, an deren Klippen mit gewaltigen Flügelschlägen Adler flattern. Zur Linken lagert ein Kentaurenweib, eine Erinnerung wieder an Böcklins Neubelebung dieses Fabeltieres und eine Anspielung wohl zugleich auf den Inhalt des Opus X, auf die ungezähmten Naturtriebe, auf die animale Leidenschaft. Auf der anderen Seite erheben sich ein paar Frauengestalten, deren eine auf Felsen lagernd fast etwas Michelangeleskes in der Fülle des Gliederbaues hat, an des Florentiners „Nacht" vom Mediceergrab erinnert. Diese wilden Weiber tragen Schlingen und Stricke, als seien sie als Erinnyen gedacht, oder als sollten sie die Fallstricke andeuten, in die im Cyklus die leidenschaftlich liebenden Menschen verflochten werden. Vermutlich treten sie aber nur als Meernixen in Erinnerung an Böcklins köstliche Schöpfungen auf. In der Mitte auf der Höhe sitzt Venus, den Amor vor sich, dessen Bogen sie richtet, um ihm das Ziel für seine verderblichen Pfeile zu weisen. Freilich, diese Venus hat nichts von der süßen Geziertheit der Mediceischen Venus oder der hoheitsvollen Anmut der Knidierin, es ist ein gewaltiges Weib von böcklinhafter Derbheit, und sie packt den Bogen und richtet ihn mit einer Wildheit, daß man es ihr glaubt, daß sie verderbliche Pfeile durch Gott Amor entsenden lassen will.

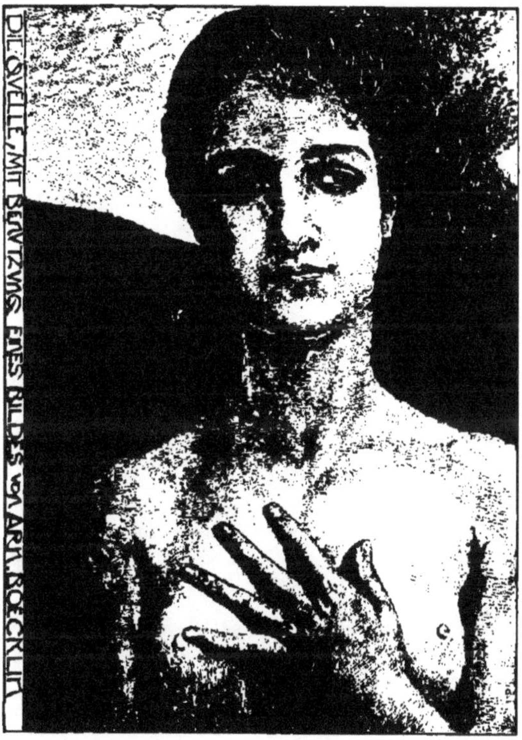

So ruft dieses Widmungsblatt Böcklinsche Gestalten einerseits wach und deutet andererseits auf den Inhalt des Cyklus vor. Denn auf dem ersten Bilde sehen wir die Anknüpfung eines Liebesverhältnisses. Gott Amor hat sich sein Ziel an zwei jungen Menschen jener Gesellschaftsklassen gewählt, bei denen solches Beginnen, wenn es nicht die tugendhaften Pfade der Konvenienz geht, verderblicher als bei Angehörigen niederer Klassen zu enden pflegt. Die Dame, die dort im eleganten

Abb. 60. Die Quelle. Radierung.

Abb. 61. Am Thor. Radierung. (Aus: Eine Liebe. Op. X, 3.)

Wagen an uns vorbei rollt, beugt sich schüchtern und verwirrt über die Rose in ihren Händen. Ein im Gebüsch halb versteckter Jüngling scheint ihr die Rose mit feurigen Blicken zugeworfen zu haben, die in ihrem empfänglichen Herzen verderblich zündeten. (Diese Platte wurde zweimal radiert und mehrfach überarbeitet.)

Die beiden haben wohl Gründe, ihre Empfindungen vor der Welt zu verbergen, und so sehen wir denn am Parkthor das Mädchen, das verstohlen durch die hohen Laubgänge dorthin gehuscht ist, eilig die Thür aufreißen und sehen auf ihre Hände den Jüngling einen Kuß pressen (Abb. 61).

Köstlich ist die Flüchtigkeit dieses Zusammentreffens, die Inbrunst der Verehrung, das halb Ängstliche, halb Genießende der Mädchengestalt ausgesprochen. Heller Sonnenschein zittert in der Luft und wirft flimmernde Laubschatten über Weg und Mauer. Und dieses Tageslicht ist es, das wohl die beiden so ängstlich und ihre Begegnung so eilig macht.

Endlich treffen sie sich wieder in verschwiegener Stunde. Romeo hat den Weg zum Balkon des Hauses gefunden, halb hängt er auf der Brüstungsmauer, beugt sich zur Geliebten hinüber und im tiefen Schatten des mächtig belaubten Baumes preßt er das Weib in wilder Leidenschaft an sich, findet sich Lippe zu Lippe. (Eine später vernichtete Platte zeigte statt dessen das Liebespaar im Garten am Teich. Ein wunderbar wirkungsvoller Probedruck davon im Dresdener Kupferstichkabinett, datiert 1883.)

Dann raubt auch dem Weibe die Leidenschaft jeden Halt und das Schicksal treibt sie dem Unvermeidlichen in die Arme. Er, der den Weg zum Parkthore und durch das Thor zum Balkon gefunden, er steht eines Nachts auch in ihrem Zimmer; durch das geöffnete Fenster vielleicht ist er hereingestiegen und das Unvermeidliche ist geschehen. In leidenschaftlichem Kusse ist Vernunft und Überlegung erstickt. Traumhaft schwül dunkelt die Sommernacht, in die wir durch das offene Fenster hinausblicken, eine wunderbare Stimmung liegt über dieser geheimen Umarmung.

Während sie nun erschöpft in kurzen unruhigen Schlummer versinken, erschrecken uns Traumgesichter. Adam und Eva wieder als Repräsentanten der ersten Menschenliebe, durch die zum erstenmal Leiden über die Menschheit gekommen, sehen wir vor uns. Diese ersten Liebessünder flehen angstvoll zu Tod und Teufel, die von nun an als Rächer und Verfolger aller geheimen Liebe die Menschheit bedrohen sollen, die hohnlächelnd jeden Ausbruch unbezwinglicher Leidenschaft begrüßen, der ihnen nach der engherzigen Allerweltsmoral neue Opfer zuführt. Eine darauf bezügliche derbe lateinische Aufschrift (vergleiche Probedruck von 1887 im Dresdener Kupferstichkabinett) wurde später aus der Platte entfernt.

Neue Träume scheuchen dieses Schreckensbild. Hoch empor werden die Liebenden vom Taumel der Leidenschaften getragen. Über den Fluten des Meeres schweben sie auf dem Zaubermantel der Liebe, aber grausam reißt Amor selbst diesen Mantel von ihnen. Während das Weib ahnungslos den Geliebten umflammert, blickt dieser entsetzt in den Spiegel, den der Genius, der sie emporgetragen, ihnen entgegenhält. Und in dem Lichte der Wahrheit, das aus der Höhe herab flutet, sieht er sich und das Weib in schamloser Nacktheit, in nackter Gemeinheit. Mit Entsetzen breitet er die Arme aus und mit Entsetzen windet er sich los aus dieser Umarmung, die ihm, der satt vom Genusse, nun scheußlich und widerlich erscheint.

Aber auch für das Weib kommt ein Erwachen. Gräßliche Träume verscheuchen ihren Schlummer, Merkwürdiges und Unbekanntes fühlt sie sich regen, schreckliches Ahnen dämmert in ihr. Aus dem Schlummer emporgefahren, hockt sie am Rande ihres Bettes, und das Licht, das durch die Scheiben hereinflimmert, gaukelt ihr in ungewissen Zügen eine embryonale Vision vor.

Die angstvollen Träume werden zur Gewißheit, und die Schande schreitet keck neben ihr, wo sie auch wandelt. Mag sie einsame Pfade suchen, mag sie an sonnenbeschienener Mauer dahinschreiten, immer ist es ihr, als ob da oben über die Mauer her zischelnde, klatschende, stichelnde Weiber blickten, die Geschlechtsgenossinnen, die mitleidlos und höhnisch ihres Unglücks sich freuen, die niemals sich der Schwächen ihres Geschlechtes erbarmen, vielmehr gedankenlos und sinnlos hohnlachend das Unglück bejubeln, als ob sie selbst ewig

Abb. 62. Tod. Radierung. Aus: Eine Liebe. Op. X, 10.

Abb. 63. Sirene. Ölgemälde. Besitzer: Der Künstler.

dagegen gefeit wären. Matt, zerschlagen, todesmüde schleppt sie sich dahin, aber frech hat die Schande, die den Strohkranz auf dem Haupte trägt, sich zu ihr gesellt, und mit hämischem Grinsen weist sie auf den Schatten des Weibes dort an der Wand, der ihre entstellte Gestalt mit krasser Deutlichkeit wiedergibt.

So flüchtet sie und verbirgt sich, um in Einsamkeit und Verborgenheit dem Kinde das Leben zu geben, das ihr selbst das Leben kostet. Dieses letzte Blatt (Abb. 62), großartig durch seine Kühnheit, mächtig erschütternd durch seinen Inhalt, prachtvoll in der Beleuchtung, ist künstlerisch und gedanklich der Höhepunkt des Cyklus. In der Erstarrung des Todes sehen wir das Weib hingestreckt. Niemand war bei ihr in ihrer schweren Stunde als der Tod, der schon den kleinen Leichnam des Kindes in seinen Mantel hüllt und in den Arm zärtlich gebettet hat. Da stürzt der herbei, dessen Liebe sie in den Tod getrieben. Entsetzt beugt er sich nieder und preßt sein Haupt auf das der einst Geliebten, deren Züge so ruhig, so totenstarr, so empfindungslos bleiben. Der Tod aber hat sich den Schlapphut auf den Schädel gepreßt, und unheimlich winkt seine weiße Knochenhand. Zwei Opfer hat er gefunden, und die Verzweiflung des Mannes bürgt ihm dafür, daß er auch diesem dritten nicht vergeblich winkt.

Was den Cyklus „Eine

Liebe" gegenüber dem verwandten Opus „Ein Leben" als das höhere und gereiftere Werk erscheinen läßt, ist einmal die größere künstlerische Freiheit der Darstellung. Blätter wie „Die Nacht", „Neue Träume" und andere mit ihrem phantastischen Halbdunkel, ihrem Tonweben, ihrer räumlichen Tiefe und dem weichen Einhüllen der Gestalten oder scharfem Herausblitzen der Lichter, mit ihrer knappen und präcisen, alles Nebensächliche verbergenden Darstellung, mit ihren malerischen Schönheiten, sind bewundernswert. Und wie hier Nacht und Dunkel, so ist auf dem Blatte „Am Parkthor" oder „Eine Schande" das Glitzern der Sonne, das Gleiten der Lichter in Schwarz und Weiß überzeugend gegeben. Aber auch inhaltlich erhebt sich dieser Cyklus über den ersten. Ebenso dramatisch und ebenso fesselnd beschränkt er sich nicht auf das Problem der Liebe im einzelnen Falle, der Leidenschaft und des Untergangs eines gesunkenen Mädchens, einer Dirne, sondern er faßt es im höheren Sinne. Er läßt gleichsam alles Persönliche aus, um das Verderbliche der illegalen Liebe als Typus in zehn Bildern zusammenzufassen. Alle novellistischen Erzählungen vom Schicksal, von den Erlebnissen des Weibes als Tänzerin, als Straßendirne vermeidet er, um nur das ganz Große, Unabwendbare, die Naturereignisse im Leben des überwundenen Weibes mit ihren tragischen Folgen dramatisch zu schildern.

Das Radierwerk „Eine Liebe" wurde in Berlin vollendet, wo Klinger 1886 bis 1889 wieder seinen Wohnsitz genommen. Als ein anderer, Gereifter kehrte er zurück. Paris hatte ihm manche Anregung, Ruhe zur Arbeit gegeben. Auf die Pariser aber war er nicht sonderlich gut zu sprechen, sie mochten dem auffallend germanischen Jüngling nicht immer sehr liebreich begegnet sein. Bald fand sich in Berlin wieder ein Kreis strebender Jünglinge, deren natürliches geistiges Oberhaupt Klinger wurde, unter ihnen Stauffer-Bern und Ernst Moritz Geyger. Am Rande des Tiergartens, in dem neu erstehenden Stadtviertel, residierten sie zumeist, Klinger in der Brückenallee. Über die erste Künstlerjugend waren sie alle jetzt hinaus, aber noch jung und sorglos genug, um an den Abenden, die nicht im Theater, Konzert oder in der Gesellschaft verbracht wurden, in der Villa Anna burschikos zu kneipen oder in starkem Redekampfe ernste Fragen zu erörtern. Die Gegend war noch vorstädtisch genug, daß man in lauen Sommernächten Tische und Stühle auf die Straße setzen konnte, um bis zum Sonnenaufgang zu zechen und zu lärmen, wobei auch Klinger seinen Mann stand. Der gelegentliche Aufenthalt Böcklins in Berlin gab dem Kreise seine Weihe und führte auch Klinger ihm näher. Allerdings war Böcklin damals vorwiegend mit Luftschiffahrtsprojekten beschäftigt, was bei aller Hochachtung auch zu Scherzen Anlaß gab.

Doch das waren nur Ruhepausen zwischen ernster, rastloser Arbeit. Voll Bewunderung sahen die Freunde zu Klinger empor, der die überaus reichliche pekuniäre Beihilfe, die er von daheim erhielt, ganz auf seine großen und kostspieligen Arbeiten verwandte, und dafür lieber auf viele Annehmlichkeiten, ja Bedürfnisse des Lebens verzichtete. Mit eisernem Fleiß und rücksichtslosem Daransetzen seiner Gesundheit stellte er im Winter 1886/87 in den eiskalten Räumen des Kunstausstellungsgebäudes sein Riesenbild „das Urteil des Paris" fertig, für welches er kein genügend großes Atelier gefunden. Dann wächst das Radierwerk vom Tode I heran, dessen wir weiterhin gedenken werden. Durch den Wegzug verschiedener Mitglieder nach Rom lichtete sich allmählich der Freundeskreis. 1889 zieht auch Klinger zur ewigen Stadt, die ihn fast vier Jahre fesselt. Stauffer-Bern war ihm dorthin vorausgegangen. Mit ihm verband Klinger eine langjährige Freundschaft, von der wohl auch das Wort gilt, daß die Extreme sich berühren. Zunächst imponierte allen an Stauffer, dem Naturburschen, das Kraftgenialische, Urwüchsige, die starke, künstlerische Begabung. Im Grunde aber war und blieb er doch eine nüchtern berechnende Bauernnatur, geschädigt durch das Genußleben der Berliner Großstadtgesellschaft, deren materielle Vorzüge er seinen Bekannten gegenüber mit cynischer Offenheit als höchsten Lebenszweck rühmte. Unter dem Firniß modischer Eleganz schien mir bei ihm stets der so schnell emporgekommene Günstling des Glückes durchzublicken, recht im Gegensatz zu Klingers innerlich vornehmer Art. Klingers Biographen haben vielfach den Einfluß Stauffers auf Max

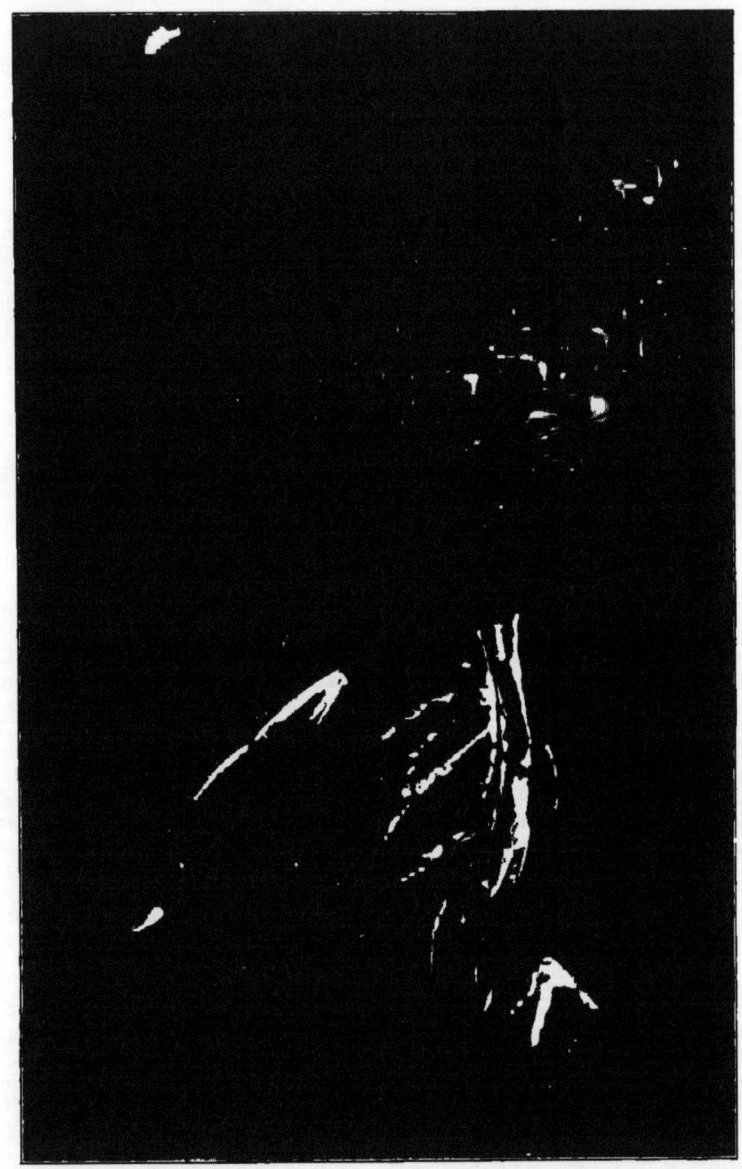

Abb. 65. Studie zur Kreuzigung. Besitzer: Amsler & Ruthardt, Berlin.

Klinger übertrieben. Dem gegenüber muß betont werden, daß Stauffer stets mit unbedingter Hochachtung zu Klinger hinaufblickte als zu einer ihm übergeordneten Größe. In den, bei dem sonst so selbstbewußten Stauffer gar nicht seltenen Momenten, da ihn das Gefühl der Unzulänglichkeit seines Könnens niederbeugte, hat er Freunden gegenüber sich offen genug darüber ausgesprochen. Der Übergang von der Radierung zur Sticheltechnik, von da zur Plastik hätte sich bei Klinger auch ohne Stauffers Anregung genau in gleicher Weise vollzogen, denn er entsprach dem Wesen der Klingerschen Kunst. Stauffer hat Klingern weit mehr zu verdanken, als dieser ihm.

Mit Stauffer-Bern und dem wackeren, begabten Ernst Moritz Geiger, der, wie jene beiden, ein abtrünniger Zögling der Berliner Akademie war, verlebte Klinger in Rom eine fast ganz der Arbeit und dem Studium gewidmete Zeit. Im Künstlerverein und den verschiedenen Künstlerkneipen sah man ihn kaum, nur durch Zufall verirrte er sich gelegentlich dorthin. Viele, die zu jener Zeit in Rom studiert, erinnern sich kaum, ihn überhaupt gesehen zu haben. Aber für ihn war diese Epoche außerordentlich fruchtbringend, in vieler Beziehung umwälzend. Unabhängig wie er war, konnte er sich dem Zufall überlassen, und nachdem er mit dem Cyklus „von dem Tode I" ein neues großes Radierwerk abgeschlossen, lockte es ihn, auf anderem Gebiete sich zu versuchen, im Modellieren.

Klinger hatte schon früher dazu einen Anlauf genommen in den Sockelreliefs des Parisurteiles und anderen Proben seiner Bildhauerei und begann nun hier in Rom systematische Studien, die mit der akademischen Bildhauerkunst freilich nichts gemein hatten. Wie er als Radierer Maler und als Maler wieder Plastiker gewesen, so wurde er nun als Bildhauer Maler, denn er kannte und anerkannte keine Grenzen der Künste. Der Entwurf zu einer Salomebüste wird wiederum vorgenommen, will aber nicht zur Reife gedeihen.

Statt dessen finden die Pariser Versuche, die Freilichtstudien, zu denen er dort Anregung erhalten, vielleicht gerade in der klaren römischen Luft neue Nahrung; leicht wird ihm diese Arbeit offenbar nicht.

Während er die schablonenhafte Malweise der alten Richtung verabscheut, sucht er sich selbst eine neue und eigene malerische Sprache zu schaffen, eine Sprache, die auf der Wirklichkeit, auf der Wahrheit des Lichtes und der Luft basiert und doch geeignet ist, Phantasieschöpfungen zu veranschaulichen. Diese Strenge seines Empfindens hindert ihn, sich mit einer Anzahl angenehmer und wohlthuender Farbenklänge zu begnügen. Er will Größeres, eine Farbe, die vor allem strahlt und leuchtet, die klar und streng ist und doch allen Reiz entfaltet, den auch im Alltagslicht die Dinge haben können. Er ist fleißig im Studieren nach der Natur. Er malt seine Schwester auf dem Dache eines italienischen Hauses sitzend oder versucht, jene eigentümliche Beleuchtung festzuhalten, die zwischen Tag und Nacht mit ihrem blauen Lichte die Dinge so wunderbar kalt und dunstig färbt. Eine solche Studie, die er unter dem Namen „l'heure bleue" ausstellte, sucht er dadurch noch zu komplizieren, daß er drei Frauen in eben dieser Dämmerstunde am Meere beobachtet, die ein Feuer entzündeten. Die dem Feuer zugewandten Teile des Körpers zeigen dadurch ein verschieden intensives, warmes, ja, glühendes Licht, während die abgewandten und entfernteren Körperpartieen mehr und mehr in kaltes Bläulicht übergehen. Daß eine solche, als malerisches Problem ungeheuer interessante Studie auf den Ausstellungen, wo sie erschien, absolut unverstanden blieb, ist bedauerlich. Aber nicht nur die Mehrheit des Publikums, auch die Mehrzahl der Kritiker war ja damals gar nicht in der Lage, über den eigentlichen malerischen Inhalt solcher Dinge etwas zu denken.

Als Studien entstehen in dieser römischen Zeit auch Gemälde wie „die Sirene" (Abb. 63), die Umarmung des lichten Strandes durch die dunkle Woge darstellend, zwar mit Anklängen an Böcklin, aber doch von anderer Empfindung und Machart. Ferner 1892 das Bild „am Strande" (Abb. 64), gemalt vor allem in der Absicht, in einer Freilichtstudie das uralte Problem des beleuchteten Frauenkörpers im glitzernden Lichte der Strandwelle noch einmal in eigener Weise durchzuarbeiten.

Aber auch zwei monumentale Gemälde konnte Klinger in dieser Zeit vollenden.

Abb. 66. Studie zur Kreuzigung. Besitzer: Amsler & Ruthardt, Berlin.

Zunächst die Pietà, zu der die Studien 1889 gemacht wurden, deren Vollendung 1890 erfolgte. Sie hat glücklicherweise in einem deutschen Museum, in Dresden, Unterkunft gefunden, zur größten Erbosung aller derjenigen, über deren Horizont sie hinausging. Ein blendendes Galeriebild, oder etwas, das der Kommerzienrat sich in seinen sogenannten Salon hängen könnte, ist das Bild freilich nicht. Dazu war es zu ernst, zu innig, zu volkstümlich. Gerade vor uns, durch das ganze Bild hindurchlaufend, sehen wir den geöffneten Sarkophag aus farbigem Marmor. Auf dem Deckel des Sarkophages aber ist der Leichnam Christi auf einem weißen Tuche aufgebahrt. Eine niedrige, bröckelnde, getünchte Mauer umgibt den Friedhof, der als Ort dieses Vorganges gedacht ist, und über die Mauer hinaus blicken wir auf einen niedrigen Wald, aus dem einzelne Tannen und Cypressen höher emporragen. Diese Folge von horizontalen Linien, die immer ferner und ferner erscheinen, geben dem Bilde einen merkwürdigen, allerdings räumlich nicht vertiefenden Charakter kunstloser Schlichtheit, der vortrefflich den angesuchten altertümlichen Art des Werkes angepaßt ist. Vor uns gerade hingestreckt liegt der Leichnam Christi, mit jener Genauigkeit und fast harten Treue dargestellt, wie sie Holbein in seinem berühmten Baseler Bilde schon gehabt. Maria ist herangetreten und hat Christi Hand mit ihren Fingern noch einmal umschlossen. Einen letzten, unendlich schwermütigen Blick richtet sie auf das Antlitz des germanisch blondgelockten Sohnes, der, auch im Tode schön und edel, uns den Schmerz verstehen läßt, einen solchen Sohn verloren zu haben. Johannes neben ihr, von tiefster Trauer niedergebeugt, hat ihre freie Rechte erfaßt, nur sie mit stiller Teilnahme leise zu drücken. Was zunächst dem Bilde so ungewöhnlichen Reiz gibt, das sind die Gestalten dieser beiden Leidtragenden. Ohne jede Pose, ohne jede Phrase, ungemein schlicht und einfach sind die Mutter und der Jünger hingestellt. Jene, eine Frau aus dem Volke, aber mit feinen edlen Zügen, dieser ein stiller Mann, voll Herzensgüte und heiliger Demut. Die Madonna, der um die Lippen der Schmerz zuckt, der die Hand zu zittern scheint, die kaum sich aufrecht hält, der Blick dieser im tiefsten Herzen so furchtbar leidenden Mutter, so voller Abschiedsweh, der Anblick dieser armen alten Frau, die zu erschüttern ist, um zu klagen, deren Auge keine Thräne erlösend benetzt — wen ergreift das nicht? Es ist ein Leiden ohne alle Pose und theatralische Bewegung. Und was der schlichte Mann neben ihr gramvoll in sich birgt, auch das fühlen wir mit höchster Rührung, blicken mit Teilnahme in die starken, edlen Züge dieses Beethovenkopfes, so voller Geist und Herzensadel. Das Ganze spielt sich ab in jenem leicht verschleierten klaren Lichte, das die Trostlosigkeit der Situation doppelt scharf hervorhebt. Es liegt ein Zug der echten phrasenlosen Innigkeit in diesem Bilde, wie ihn die guten alten deutschen Werke so rührend aufweisen. Und doch hat Klinger, von Anklängen in den Typen und Kostümen abgesehen, gar nichts gesucht Altertümelndes hineingebracht, keine archaistische, sondern eine völlig moderne Anschauung gegeben. Nach meinem Gefühl ist diese Pietà die feinste Blüte einer echt nordischgermanischen protestantischen Kunst, ohne Weihrauch und Ceremoniell, ohne Wunsch, auch die Schmerzensmutter noch in prachtvolles Gewand zu hüllen. Was Menzel, Uhde, v. Gebhardt versuchten, uns diese heiligen Gestalten wieder glaubwürdig zu machen, das ist auch hier gelungen.

Von diesem Bilde finden wir leicht die Brücke zum Verständnis jenes größeren gleichartigen Werkes, der Kreuzigung. Studien zu derselben liegen schon aus den Jahren 1888 und 1889 vor, wie unsere Abb. 65—67 zeigen. Ausgeführt wurde das Bild 1891 und zunächst unter den größten Schwierigkeiten ausgestellt. In München wurde es verboten, man duldete es nur halb verhängt, in Paris fand es wenig Beachtung. Aber von Jahr zu Jahr steigerte sich Teilnahme und Bewunderung und jetzt, da es in den Besitz des Hannoverschen Museums übergeht, werden allmählich immer weiteren Kreisen die Augen aufgehen über die hohe Bedeutung, die es auch als Andachtsbild, als religiös tief empfundenes Meisterwerk beanspruchen darf. Man stelle es einmal mit den so ganz anders empfundenen Werken früherer Maler in Parallele, etwa mit van Dyck, dessen Christus als „schöner Mann" am

Abb. 67. Studie zur Kreuzigung. Besitzer: Amsler & Ruthardt, Berlin.

Kreuze sich windet, während die Seinen in theatralischen Posen und nervöser Beweglichkeit unter dem Kreuze schauspielerhaft sich gebärden. Man wird gleich fühlen, wo die größere Religiosität und Weihe sich findet. Sicher nicht bei van Dyck. — Beim ersten Anblick dieser Kreuzigung (Abb. 68) haben aber wohl die meisten das „Kreuzige, Kreuzige" über den Künstler selbst gerufen, der doch zeigte, daß er auch hier nicht gesonnen war, ausgetretene Pfade zu wandeln. Golgatha stellt er, an gewisse altitalische Bilder erinnernd, als das gepflasterte Plateau eines Hügels dar, von dem aus man in der Ferne Jerusalem hoch auf dem Berge erblickt. Zur Rechten stehen die drei Kreuze, ganz niedrig, in das aufgerissene Pflaster eingelassen. In der Mitte Christus, den wir fast im Profil sehen und der nicht als Sterbender oder Verstorbener, sondern als Lebender und verklärt Leidender dort hängt. Diese Christusgestalt ist zweifellos das Glücklichste im Bilde. Sorgfältig sucht Klinger die Naturwahrheit der Scene festzuhalten; die Füße stehen auf einem Querbrett und zur Unterstützung des schwer hängenden Körpers ist am Kreuze ein hervorragendes Holz angebracht, auf dem die Figur rittlings ruht. Thatsächlich hat in der hier geschilderten Form, nach historischer Forschung, die Kreuzigung stattgefunden und man wird sich daher daran gewöhnen müssen, sie so dargestellt zu sehen, wenn auch die ältere Kunst eine ganz unhistorische Wiedergabe des Vorgangs bevorzugte. Hände und Füße sind von Nägeln durchbohrt, das Haupt von der Dornenkrone umsäumt und so, halb hockend, halb hängend, sehen wir Christus vor uns. Die Züge sind erfüllt von ungeheurem Ernste, von göttlicher erhabener Stille, von heimlichem Triumph und von wortlosem Mitleiden mit den Seinen, die da vor ihm stehen. Hier Magdalena, die, von Johannes und der Salome gestützt, die Hände ringend, ohnmächtig zusammenbricht, dort die Madonna, die als ältere Frau naturgemäß geschildert ist, die, von übermenschlich großem Schmerze durchbohrt, wie zu Stein erstarrt, thränenlos, wortlos zu dem Gekreuzigten hinüberblickt. Ganz zur Rechten ist wohl der böse Schächer zu denken, der schon, das Haupt neigend, ausgelitten, zur Linken aber der gute, der vertrauensvoll zum Herrn hinübersieht, neben dem zwei Knechte stehen, die sich offenbar am Kreuz noch zu schaffen machen. Den Raum zur Linken füllen eine Anzahl Zuschauer. Voran zwei antitisch anzuschauende und weiterhin eine Gruppe, die sichtlich die römischen Beamten und das jüdische Volk, die Schriftgelehrten, repräsentiert. Klinger verzichtet darauf, diese überaus farbig gehaltenen Figuren besonders lebhaft in Aktion zu setzen. Er will offenbar diesem Teile des Bildes keinen besonderen Nachdruck verleihen und die Aufmerksamkeit durchaus auf die Mittelgruppe und von dieser wieder auf Christus richten. Da er nicht nach hergebrachtem Schema Christus hoch am Kreuze in die Mitte des Bildes bringt, muß er eben alles der veränderten und naturwahr ungestalteten Komposition gemäß umstimmen. Es wird lange dauern, bis diesem Werke einigermaßen Gerechtigkeit widerfährt, aber so viel ist gewiß, daß selbst auf der Pariser Ausstellung, inmitten so vieler anderer und zum Teil weit größerer und drastischerer Arbeiten, mir diese Kreuzigung Klingers als das Bild auffiel, das mehr als alle anderen von einer ernsten Persönlichkeit, von einem Denker und von einem Maler sprach, der seine eigenen Bahnen geht und es ruhig erwartet, bis man ihn zu verstehen anfangen wird. Mir scheint, er will das Seelische des Herganges in der ganzen furchtbaren Größe, aber auch der ganzen drastischen Wahrheit erzählen, verzichtet aber darauf, die Statisten, das Volk, als solches besonders eingehend zu schildern. Auf der Farbenskizze waren diese noch viel mehr malerisch gehäuft, als Masse angedeutet. In der Ausführung beschränkte er sie mit voller Absicht, giebt nur Typen, die Judentum und Heidentum repräsentieren, wobei allerdings das Heidentum in Bezug auf körperliche Schönheit und Kraft merklich im Vorteil ist, dafür aber auch ohne seelische Ergriffenheit, nur als schöne Larve, dem erschütternden Vorgang beiwohnt. Der Gegensatz zwischen dieser schönen Griechin und der tief empfundenen Madonna ist schlagend und glücklich erfunden. Auffällig bleibt die Wahl des halb geistlichen Gewandes bei dem ganz rechts stehenden Rabbiner oder Hohenpriester, der mehr einem katholischen

Abb. 68. Kreuzigung Christi. Ölgemälde. Hannover. Museum.

Abb. 69. Studie zur Kreuzigung. Dresden. Königl. Kupferstichkabinett.

würden. Daß diese mater dolorosa ganz Schmerzempfindung sein muß, daß hier kein Raum für liebliche Schönheit blieb, betont Klinger mit Recht.

Rom war der Ort, wo Klinger, in großartiger Einsamkeit lebend, zwar nicht ein anderer wurde, aber alle in ihm schlummernden Kräfte frei entfaltete. Sogar sein litterarisches Talent entdeckte er hier. In der schon mehrfach erwähnten Schrift „Malerei und Zeichnung" (Leipzig, 1891) suchte er sich selbst Klarheit über das Princip seiner Kunst zu verschaffen. Wenn auch mancher Lehrsatz dieses Buches allzusehr auf Klingers eigenes praktisches Bedürfnis zugeschnitten, ihm sozusagen auf den Leib geschrieben ist, bleibt es doch eines jener seltenen Dokumente, in denen ein hervorragender, sonst gar nicht redseliger Künstler über seine Kunst eine Fülle guter Gedanken äußert, voll origineller Einseitigkeit oft, aber immer bestechend.

Geistlichen in der Soutane als einem jüdischen Rabbi ähnlich sieht. Da über dem Kreuze noch die Schrifttafel fehlt, so wird sie wohl von dem links sitzenden Schreiber soeben mit der Aufschrift versehen, wodurch dieser Gruppe eine ruhige Handlung gegeben ist.

Den erhabensten Ton aber fand er in der Madonnengestalt, die eben jene am lautesten verdammen, welche in flandrischen Bildern oder Mantegna's Werken die herbe Größe solcher in Schmerz erstarrten alten Frau und Mutter höchlichst bewundern

In Rom kam auch ein Cyklus zum Abschluß, in dem sich Klinger gerade als echter Deutscher Künstler erweist. Es ist ja ein eigentümlicher Zug deutscher Kunst, daß sie den Todesgedanken mit einer Art zärtlicher Andacht und grausigen Behagens immer wieder aufgreift, wie Dürer, Holbein, Burgkmair und so mancher andere es thaten bis auf Rethel und die Modernen herab. Nirgends so wie im deutschen Volkslied, besonders in Liebesliedern, wird ja auch der traurige Gedanke des Scheidens in Tode behandelt. Während bei Klinger die Schreckensgestalt des Knochenmannes bisher mehr im Hintergrunde oder als Abschluß seiner Werke drohte, macht er ihn nun zum Mittelpunkt und Helden der Erzählung in dem 1889 erscheinenden, aber längst vorbereiteten Opus XI „vom Tode I".

Klinger will hier nicht nur, wie Holbein, mit keckem Humor und scharfer Satyre darstellen, wie der Tod rücksichtslos jeden Stand, ob Kaiser, Papst oder Bettelmann, jedes Geschlecht und Alter packt und zwar alle in dem Moment, da er am wenigsten erwartet und willkommen ist. Er will auch nicht, wie Rethel, ein fest gefügtes Drama geben, sondern seine Gedanken über den Tod, über sein Eingreifen in das Menschenleben, über das Denken und Fühlen der Menschen vom Tode in höchst malerischen Bildern frei aneinanderreihen, will uns nur daran erinnern, daß der Tod unserer wartet in jedem Augenblick und unter der verschiedensten Gestalt, daß wir ihn daher in Ruhe und Heiterkeit erwarten sollen. Es liegt darin eine hohe seelische Größe. Daß es Klingers ureigenste Anschauung ist, erkennen wir aus der Einleitung. In stiller Nacht (1) sitzt er selbst im Garten auf der Düne, einsam am Meeresstrande, und über die Gartenhecke hinweg sieht er draußen müde Wellen ans Ufer rollen und mit leisem Plätschern ihre vom Monde beschienenen Kämme heranschieben. Zu seinen Füßen haucht das vom Tau befeuchtete Erdreich einen Duft wie frische Schollen von geöffneten Gräbern aus. Gespenstig zerrissene Wolken jagen um den Mond, nehmen tolle Formen an wie kämpfende Untiere oder wie eine nach ihnen haschende Phantasiegestalt. Das Mondlicht spielt über Stirn und Wangen des Mannes, der verträumt auf der Gartenbank ruht,

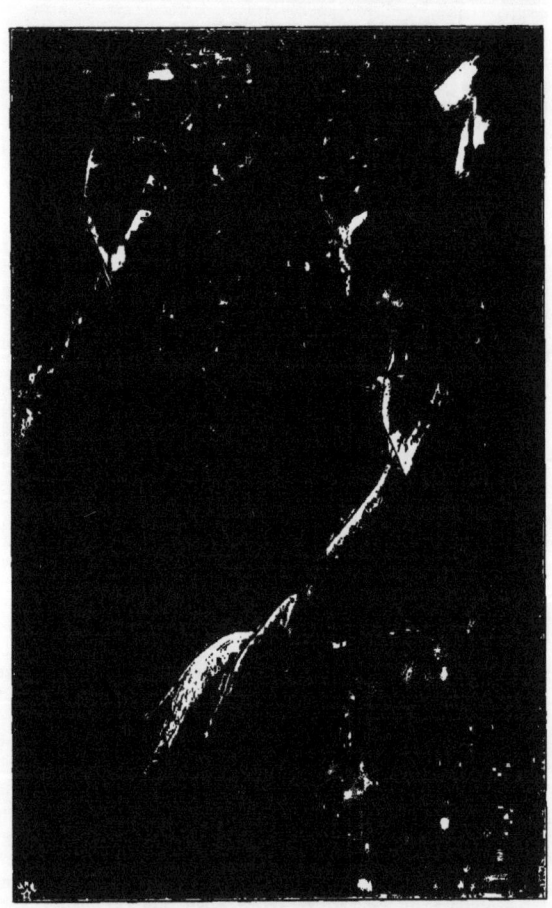

Abb. 70. Studie zur Kreuzigung. Dresden. Königl. Kupferstichkabinett.

dessen Gestalt in die allgemeine Dunkelheit hinein zu versinken scheint. Doch vor ihm taucht ein Lilienstengel aus dem Dunkel auf, um den ein Nachtschmetterling gaukelt wie eine einsame Seele, die ihrer Körperhaft entflohen. Es ist eine jener großen, stillen, traumhaft poetischen Nächte, in denen die Natur Schauerliches und Schwermütiges zu atmen scheint, alle freundlichen Gedanken scheucht und uns, die in der Einsamkeit verloren sitzen, von der Ewigkeit der Natur und der Endlichkeit alles Menschlichen zu predigen scheint.

Nadel und Stichel hat Klinger auf diesem Blatte mit grandioser Kühnheit gehandhabt, und namentlich im Vordergrunde mit gewaltigen Strichlagen gearbeitet, so daß im Abdruck fast als Hochrelief die Druckfarbe sich hebt.

2. Seeleute: Das Meeresrauschen weckt im Künstler Wellenträume. Der Seeleute denkt er, die unter tausend Gefahren fern im Südmeer vor dem Sturme treiben, der ihr Fahrzeug an die Korallenriffe schleudert. Am Saume der weißen Brandung starren die Rippen des gekenterten Bootes empor, als hätten sie einst den Brustkorb eines lebenden Wesens umspannt. Auf die niederen, von der Flut überspülten Klippen, haben drei Matrosen das nackte Leben gerettet. Ihnen, die Hunger und Durst mit baldiger Vernichtung bedroht, erscheint plötzlich die Todesgefahr noch grauenhafter, noch eiliger. Denn eine kolossale Riesenschildkröte, ein gräuliches, fabelhaftes Untier, streckt die breiten Flossen empor, schiebt sich schwerfällig heran. Will der Mann dort, den Fluten eben entronnen, sich nicht von neuem in sie stürzen, so wird im nächsten Augenblicke der Schnabel des Untieres oder ein Hieb der unförmlichen Tatze ihn rettungslos niederstrecken. Auf die letzte Spitze des Riffes ist er in Todesangst zurückgewichen. Ihm bleibt nicht, wie den beiden Genossen, noch die Möglichkeit, sich durch Sprung von Klippe zu Klippe zu retten.

Wie ist dieses Blatt technisch behandelt! Die wasserglatten Felsen und die Silhouetten der Männer sind in breiten Aquatintatönen, die Tuschbehandlung nachahmend, hingesetzt, mit ausgesparten Lichtern, die wie mit Deckweiß aufgesetzt wirken. Der Stichel ist nur sparsam verwendet, besonders in dem durch seltsam krause Linien angedeuteten Dunst des Horizontes und der darüber hinziehenden Luft.

Unter dem Bilde blieb noch Raum genug, eine hohnmäßige Höllenphantasie als schmalen Bildstreifen darunter zu setzen. Zur Rechten der Satanas selbst, der mit Behagen die Menschenscharen in das aufpraffelnde Höllenfeuer hineinstürzen sieht, in das sie von Teufeln hinabgedrückt werden. Zur Linken wankt müde der Tod heran, der neue Beute bringt und den Krüppel, Elende und Bettler, die schon am Raube der Hölle stehen, nochmals vergeblich um Gnade und Mitleid anflehen. Die Figuren sind zum Teil ganz flüchtig, skizzenhaft angedeutet, aber der friesartige Streifen wirkt völlig bildmäßig, man könnte ihn etwa im Wiertzstile monumental ausgeführt sich denken.

Die folgenden Blätter haben das gemeinsam, daß um jedes Mittelbild ein Rahmen sich legt, der inhaltlich wie formal mit dem Mittelbilde zusammengeht und doch einen wundervollen Abschluß gibt.

3. Meer. Noch braust das Meer in unserer Phantasie, ungeheure Wogen sehen wir rollen und plötzlich eine Riesenfaust nach dem hilflos treibenden Schiff greifen, den Mast packend, es in die Flut hinabdrücken. Der Rahmen mit seinem feinen Aquatintaton ist eintönig, matt, wie die Tiefe des Meeres. Und wirklich sehen wir drunten auf dem Meeresgrunde, zwischen zarten Seeblumen, einen Schädel bleichen, dessen Gebiß wie eine Perlenreihe schimmert. Das ist das Ende derer, die kühn die Fluten durchschifften.

4. Chaussee. Sie führt uns zum Lande zurück, auf eine tief ins Bild hinein sich erstreckende öde Chaussee, die von jungen Bäumchen schattenlos eingesäumt ist. Als Vorbild diente Blatt 2 aus Opus VII (s. Abb. 49). Hell glänzt die Straße, über die nur hier und da das Wasser in kleinen Rinnsalen fließt und daran erinnert, daß kurz zuvor ein schweres Gewitter vorüberzog. An einem der jungen Bäume ist der Blitz niedergefahren, ihn zersplitternd. Und der Blitz hat auch das alte Weib niedergeschmettert, das seines Weges daher keuchte und nun leblos, wie ein starrer Klumpen mit seiner weißen Kiepe liegen blieb. Schon lacht der Himmel wieder und leuchtet harmlos die Sonne, endlos und gleichgültig zieht sich die kahle Straße dahin;

alles so alltäglich. Wir begreifen kaum, warum es dem Tod dort auf dem Rahmen gefallen hat, seine Hand auszurecken und die Blitzschlange just auf das armselige Weib herniederzusenden.

5. Auf der Bank am Ufer des Teiches hat sich an schwülem Sommerabend die Mutter müde niedergelassen und neben ihr steht der Wagen, in dem ihr Liebling, ihr Kind, sanft schlummert. Leise sinkt auch ihr Haupt hintenüber. So still, so einsam ist es rings umher. Niedere Büsche umsäumen fern das Ufer, dunkler Wald steigt geheimnisvoll darüber empor. So wundervoll einlullend, so behaglich ist der Duft aus dem hohen Grase, die frische Kühlung vom Wasser her, daß die Schlummernde gar nicht ahnt, wie eine geheimnisvolle Macht das Kind aufgescheucht und aus seinem Bettchen gestürzt hat. Sie sieht nicht die räuberische weiße Gestalt des Todes in der Ferne verschwinden. Aber sie wird erwachen, ihr Blick wird entsetzt auf der Wiege haften, auf dem Kissen, das zugleich mit dem Kinde herausgefallen, sie wird die Wiese und den Wald absuchen, sie wird jammernd am Uferrande hinspähen. Aber kein Klagen und kein Suchen, nichts wird ihr das Knäblein wiedergeben, das der Tod so geheimnisvoll davon getragen. Trauernd halten auf dem Rahmen zwei Engel Wacht, und zwischen ihnen geht über jungem Grün strahlend die Sonne unter.

6. Herodes, der mächtige Vierfürst, hat sich hoch vor aller Welt seinen Königsthron

Abb. 71. Studie zur Magdalena der Kreuzigung.
Dresden. Königl. Kupferstichkabinett.

errichtet, und nun liegt er dort im Staube und wälzt sich in Krämpfen. Das Gift frißt in seinen Eingeweiden. An der Lehne des Thrones ist der Purpur hängen geblieben, die Krone rollt ihm vom Haupte fort über den nachtdunklen Rahmen hin, auf dem der Wächter, einsam spähend, mit erstauntem Blick dies Zeichen der Herrschermacht wie wertlosen Tand im Sande vorüber huschen sieht. Wie schaudervoll dies Ende! Niemand ringsum, der dem von Todesqualen Gemarterten zu Hilfe kommt. Mitleidlos, klar und sonnenhell spannt sich der Himmel, lange Abendschatten in die weite Arena werfend. Enttäuscht verlassen die Zuschauer die Arena des Lebens, da der große Schauspieler Herodes so kläglich seine Rolle endet. Gewaltig aber hebt sich der dunkle Thronsessel empor in seiner einsamen Pracht, die Größe des gefallenen Menschen überragend.

7. Landmann. Hinter dem Pfluge ging der Landmann, mühsam den fetten Boden furchend. Die müden, abgetriebenen Gäule schleppen den Pflug zitternd in der Sonnenglut, und plötzlich verwickelt sich eines der Tiere mit dem Hinterfuße im Geschirr. Der Bauer neigt sich, es zu befreien, aber das nervös gewordene Tier trifft ihn mit einem Hufschlage, daß er taumelt, zusammenbricht. Aus tödlicher Kopfwunde strömt sein Blut. Es sickert hinab in die Furche und die Erde saugt es auf, die in dem dunklen Rahmen ausgestreckt liegt als die Unersättliche, die alles in sich verschlingt und alles verdaut, die ihr Haupt auf den aufgedunsenen Körper eines krepierten Hundes bettet, die mit ihren Füßen behaglich einen kahlen Schädel umkrallt. Dachte Klinger hier an 1. B. Mosis IV, 11: „Verflucht seist du auf der Erde, die ihr Maul hat aufgethan und deines Bruders Blut von deinen Händen empfangen?" Aber aus Tod und Verwesung sprießt ewig neues Leben. Zur Linken und Rechten wuchert üppig der Weizen empor und die bunten Blumen, um welche die Schmetterlinge dort oben flattern.

8. Auf den Schienen: Durch das Hochgebirge führt der Schienenweg, schwindelhaft steil fällt zur Seite die Felswand bis tief hinab in das bachdurchströmte Thal. (Abb. 72). Das kleinste Hindernis genügt, den entgleisten Zug in die fürchterliche Tiefe hinabfahren zu lassen. Und da hat sich's der Tod selbst auf dem Geleise bequem gemacht. Die Schienen hat er verbogen, und über ihnen liegend erwartet er den Zug. Die Finger hat er in den zahnlosen Mund gesteckt, als wolle er frohlockend pfeifen oder ein irreführendes Signal geben. Auf dem dunklen Rahmen aber sehen wir vorgedeutet das Kommende. Im Todesschrecken verzerrte Köpfe, die von ihrem Rumpfe getrennt sind, verbogene Schienen, die zum Ornament sich winden.

9. Arme Familie: Jene hat der Tod auf den Schienen erwartet. Aber er scheut auch nicht die Mühe, hinaufzuklettern in die elende Dachkammer, dort, wo er sein Opfer, in Tüchern gehüllt, auf dem Stuhle sterbend findet, den Mann, den Arbeiter, der so mühsam seine Familie ernährt und der nun, arbeitsunfähig geworden, im Elend verkommt. Das ratlose Weib starrt verzweifelt hinaus durch die Dachluke, hinauf zu dem erbarmungslosen Himmel, ein elendes, mageres, vom Hunger verzehrtes Geschöpf im Arme. Auf dem Rahmen aber steht winkend der Tod, und zu seinen Füßen werden zwei frische Gräber geschaufelt.

Und nun zum Schluß: Der Tod als Heiland. Ein Monumentalbild ist hier auf der Kupferplatte entworfen (Abb. 73). Ein steingefügter Sockel, der den Blick in den offenen Sarkophag gewährt, in dem, lang hingestreckt, der Leichnam ruht. Schon beginnt er sich aufzulösen. Der Leib ist eingefallen, die Muskeln erschlafft, der Beckenrand, die Gelenke treten scharf hervor, das anatomische Können des Künstlers in plastischer Klarheit bezeugend. Der da hingestreckt ist, hat den Frieden. Nur dem thörichten, gedankenlosen Menschen erscheint dies Bild schreckhaft, ekelerregend, nicht dem Weisen. Der Tode hat is erreicht, was jene wohl tausendfach sich wünschten, die wir auf den vorangehenden Blättern mit Not und Elend ringen sahen, die Schiffbrüchigen des Lebens.

Und doch — alle haben sie den Tod um Erlösung angerufen, und jeder floh ihn in dem Momente seines Erscheinens. „Wir fliehen die Form des Todes, nicht den Tod, denn unser höchster Wünsche Ziel ist Tod," so lesen wir auf dem Sockel über den mutwesenden Leichnam.

Und vor uns auf dem Bilde erscheint der Tod als Erlöser, als Heiland mit der Friedenspalme, als Lichtgestalt den Menschen, die in der Wüste des Lebens irren. Aber alle verkennen sie ihn, niemand will sich ihm unterwerfen. Alt und jung, Mann, Weib und Kind stürmen entsetzt davon. Nur

Abb. 72. Auf den Schienen. Radierung. (Aus: Vom Tode I. Op. XI 8.)

der Greis fällt anbetend ihm zu Füßen, läßt segnend vom Tode sich erlösen. Er allein ist reif. So hatte es Klinger auf dem Entwurfe zu diesem Blatt (Abb. 74) angedeutet in den dort beigefügten Versen: „Dulden muß der Mensch sein Scheiden aus der Welt wie seine Ankunft; reif sein ist alles." Warum also flieht die thörichte Menschheit vor dem Unvermeidlichen in Todesangst? Aber Todesangst umspielt auch schon 1878 in einer Skizze festgelegt (Abb. 75, Dresdener Kupferstichkabinett). Nur scheint es hier eine Art Alpdrücken, ein böser Traum zu sein, der ein junges Weib befällt. So klingt das Lied vom Tode aus.

Diesem ersten Totenlied läßt Klinger ein zweites folgen, das wohl in jeder Beziehung den Höhepunkt seines Schaffens als graphischer Künstler bezeichnet. Nicht nur das wachsende Format der Blätter, vor

Abb. 73. Der Tod als Heiland. Radierung. (Aus: Vom Tode I. Op. XI, 10.)

auf dem Rahmen die Scene. Auf zuckenden Herzen steht der Tod. Er greift nach dem Manne, der ihm entflieht, er packt nach dem Weibe, das unter seinen Griffen sich windet, dem Gott Amor hat er die Schlinge um den Hals geworfen, während er durch die Lüfte mit satanischem Grinsen dem Mädchen nacheilt, das angstvoll flüchtet. Unten stößt ein Weib verzweifelt mit dem Fuße das Verderben von sich, während ein leichenvertilgender Riesenkrebs sich über den Mann gelagert hat. Das Motiv des Riesenkrebses, der in stiller Gefräßigkeit am Menschenleichnam zehrt, hat übrigens Klinger allem die wahrhaft gigantische Kraft, mit der er in dem gegebenen Rahmen das Bild monumentalisiert und die an sich zum Teil genrehaften Motive zu historischer Größe erhebt, setzen uns in Erstaunen. Blatt um Blatt erscheint da der Todesgedanke in seinen Beziehungen zu menschlichem Leben und menschlichem Wirken. Technisch ist hier alles aufgeboten. Welcher Reichtum an Tönen, welche ungeheure Fülle von Abstufungen und Modellierungen! Die Radierung, und selbst die früher so virtuos angewandte Aquatinta, tritt fast ganz gegen die Grabstichelarbeit zurück. Klinger denkt

aber nicht daran, mit wenigen schön ge= | nach der Vollendung auf galvanoplastischem
schwungenen Kreuzlagen, etwa in der Art | Wege verstählen, und die so verstählte Platte

Abb. 71. Entwurf zu „Der Tod als Heiland." Zeichnung.
Dresden. Königl. Kupferstichkabinett.

der Rubensstecher und der Franzosen des | gewinnt eine Härte und Dauerhaftigkeit, daß
siebzehnten Jahrhunderts, sich zu begnügen. | selbst die feinste geritzte Linie beliebig viele
Der moderne Stecher kann ja seine Platte | Abdrücke erlaubt, die stark ausgegrabenen

Tiefen beständig ihre Tiefe behalten. So kann Klinger eine Unendlichkeit von Abstufungen und damit diese großartige Wirkung geben, kann den Stichel mit jener Freiheit gebrauchen, die in Frankreich durch Gaillard, in Deutschland durch Stauffer-Bern inauguriert war.

Klingers Naturkenntnis, seine Fähigkeit, den Körper in allen Einzelheiten bis in das Kleinste durchzuarbeiten, hat sich ungemein gesteigert. Wie die großen Italiener des Quattrocento scheut er nicht vor herben Formen zurück, sieht er von aller Gefälligkeit und Schönthuerei der Linie ab und mit Mantegnesker Härte stellt er den Charakter der Form über den süßen Wohllaut. Bald versteht er, durch große massive Töne, geworfen werden kann. Eher zu viel, als zu wenig ist geschehen. Manches, was im ersten Wurfe wohl gelungen, ihn doch noch nicht befriedigte, ist bei erneutem Ausschleifen und Nachstechen nicht besser geworden, — wenigstens scheint es uns so. Zuweilen auch macht es den Eindruck, als ob in dem doppelten Streben nach malerischem Effekt in Verbindung mit höchster Plastik der Form eine volle Verschmelzung beider nicht gelungen wäre, als ob Bildhauer und Maler in unentschiedenem Kampfe gelegen hätten. Aber wie viel erfreulicher ist dieses Ringen und Streben, als alle selbstgefällige glatte Virtuosität!

Mit ihrer ungeheuren Ernsthaftigkeit des Gedankens und der Durchführung, mit

Abb. 75. Zeichnung. Dresden. Königl. Kupferstichkabinett.

durch weite ausgesparte Flächen zu wirken, dann wieder durch die subtilste Detaillierung der Einzelheiten. Obwohl er die impressionistische Darstellungsweise so gut wie irgend einer der Modernsten beherrscht, läßt er sich doch nicht von der Mode hinreißen. Wo ihn schöne Einzelheiten der Gestalt entzücken, arbeitet er sie in voller Plastik durch, man könnte sie in Bronze geformt denken. Und daneben verfügt er wieder über eine hohe Steigerung des malerischen Empfindens, arbeitet er mit konturlosen Tonmassen da, wo es die Stimmung erfordert, oder begnügt sich mit bloßem Andeuten der Formen, die der Beschauer selbst sich ergänzen muß. Vor allem — man fühlt, jedes dieser Blätter ist bis zum letzten ausgereift, nirgends etwas Eiliges, Überstürztes, nirgends etwas gemacht, damit die Arbeit schnell fertig und auf den Markt ihrer lapidaren Form, ihren kolossalen Gestalten erscheinen diese Blätter vom Tode II in einer gewissen Richtung als das Letztmögliche, das überhaupt geschaffen werden kann, als die Blüte Klingerschen Eigenwesens. Sie haben zum Teil etwas erschreckend Großartiges, etwas Übermenschliches. Um dieses Opus vom Tode II zu studieren und zu genießen, muß man gewillt sein, von allem Kleinlichen, Lieblichen und Alltäglichen fern, den Offenbarungen eines im größten Stile dichtenden Malers sich hinzugeben und muß man, nebenbei gesagt, nicht vor Nachbildungen, sondern vor den Originalen selbst stehen. Denn gerade hier fühlt man, wie wesentlich die Art der Ausführung für den Eindruck ist. Diese oft stahlharte Schärfe der Formen, diese plastisch wuchtigen Gegensätze von zart gestichelten Lichtern und mächtig

Abb. 76. Integer vitae. Radierung. (Aus: Vom Tode II. Op. XIII.)

in die Platte gegrabenem Dunkel müssen die Empfindung aufregen, das Auge gefangen nehmen.

Klinger ist in seinem Cyklus vom Tode II noch weniger allgemein verständlich als sonst. Es liegt ihm auch wohl nichts daran. Wer nur als Künstler fühlt und betrachtet, wird am liebsten jedes dieser

Schmid, Klinger.

gewaltigen Bilder auf sich wirken lassen und wenig Sorge tragen um den Gedankenleitfaden, der sie als Cyklus zusammenbindet. Aber doch gibt es zwischen diesen, einzeln entstandenen und so Weites umspannenden Blättern einen solchen verbindenden Gedanken. Nur ist es nicht Klingers Art, zu jedem Blatte einen breiten Kommentar zu geben, und so kann hier auch nur gesagt werden, was etwa ein aufmerksamer Betrachter an inneren Beziehungen der Blätter zu einander empfindet. Ob das des Künstlers Intentionen trifft, vermag nur er zu sagen.

Fehlen aber würde, wer über dem Forschen nach dem Sinne der Darstellung vergißt, den künstlerischen Eindruck als das erste und Wichtigste zu genießen, der mehr für den Verstand als für das Auge hier Offenbarung sucht.

Das Vorwort „Integer vitae" von „Zum Tode II" gibt in leichten, vieles nur andeutenden Strichen ein Bild, das in seiner Großartigkeit wohl mit Dürers Holzschnitt zur Apokalypse wetteifert, jenem Gottvaterbildnis auf dem Regenbogen, vor dem Johannes der Apokalyptiker sich beugt.

Klinger läßt uns das Schicksal verkörpert sehen (Abb. 76). Über Göttern und Menschen thront es erhaben in kalter Unerbittlichkeit auf dem Felsensitze, ein nackter Riese, kahlhäuptig, mit starrem Blicke, mit Lippen, die erbarmungslos fest zusammengekniffen sind. Seine Rechte scheint auf einem Vulkane zu ruhen, seine Linke faßt ein Stundenglas, und seinen Füßen dienen die Städte der Menschen zum Schemel. Seitwärts aber, am Felsenabhang, schweben der Menschheit Götter über dem unendlichen Abgrund, des Schicksalwinkes harrend, der sie hinabstürzen wird in die Tiefe des Vergessenseins, wie die Götter der Hellenen, die da vor unseren Augen schon hinabsinken. Aber vor uns schreitet der Mensch jenem Abgrunde zu. Mit Schaudern fährt er zurück, da die gähnende Kluft vor ihm sich aufthut, die Ewigkeit — das Nichts, dem er verfallen muß wie die Götter, ob er schuldig oder unschuldig, auch wenn er „rein und unbefleckt" durchs Leben schreitet.

Blatt II zeigt einen Fürsten, bereit, die Kriegsfackel, trotz des Flehens seiner Gattin, in friedliche Gefilde zu schleudern, in die weite Landschaft mit ihren in Fruchtbarkeit prangenden Äckern, ihren rauchenden Schloten, ihrem von Schiffen wimmelnden Hafen. Mit finsterer Entschlossenheit nimmt er Schwert und Fackel entgegen, die der Tod in Gestalt eines Bischofs ihm knieend überreicht. Vergebens fleht die Königin, der Jubelruf der Großen des Reiches übertönt ihre Stimme. Finsteren Blickes preßt der Fürst seinen Sohn an sich, entschlossen, seinem Ruhme alles zu opfern, sein Reich, sein Glück, selbst das eigene Kind.

Blatt III. Der Philosoph, der Forscher, der sein Leben daran setzt, den eisglatten Felsen der menschlichen Erkenntnis, den Gipfel des Wissens zu erklimmen. Aber nahe dem Ziele entgleitet ihm die Brille und so hängt er hilflos, unfähig, die Inschrift auf dem Gletscherfelde zu entziffern: „sciens nescioris", die des Schicksals Hand dort niederschrieb.

Blatt IV. „Genie", eine Darstellung des Künstlerwahns, ist nur in einem vorläufigen Entwurf radiert (Abdruck vom 29. Januar 1888 im Dresdener Kupferstichkabinett). Zur Linken zwei Frauen am Klavier, vierhändig spielend, während die Geister der Kunst über ihnen emporschweben. Der Künstler aber, dessen Schöpfung die Menge begeistert, zu dessen Füßen ein Genius ruht, ihm den Lorbeerkranz zu reichen, er sieht Entsetzliches: sieht den strebenden, ringenden Menschengeist in Gestalt des Prometheus, von Geiern zerfleischt, gemartert für seine Kühnheit, zum Ewigen, Göttlichen sich emporringen zu wollen.

Blatt V „Elend" (radiert 1892). Klinger gibt da eine allegorische Schilderung, die eines gewissen socialen Beigeschmackes nicht entbehrt. In Massen sehen wir Fronarbeiter ins Joch gespannt, ungeheure Lasten zu bewegen (Abb. 77). Eine kurze Pause ist ihnen gestattet, in der sie es nicht einmal der Mühe wert halten, das gemeinsam getragene Joch von den Schultern zu streifen. So kauern sie dort. Ein Alter zunächst, der sein bißchen Nahrung aus dem kleinen Blechtopf gelöffelt hat und nun ohnmächtig ermattet sein Haupt in der Hand birgt. Ein Weib daneben, das die Pause benutzt, um dem Säugling die Brust zu geben. Aber kein froher mütterlicher Stolz spricht aus ihren Zügen. Eine Kuh blickt teilnahmsvoller auf das gesäugte Kalb. Weiter ein junger starker neben ihm zu mischen scheint. Entsetzlich dann der Kopf des Greises hinter ihm, der das Mädchen um den Rest aus ihrer

Abb. 77. Elend. Radierung. (Aus: Vom Tode II. Op. XIII, 6.)

Bursche, aber mit jenem blödsinnig tierischen Ausdruck der gänzlichen und unablässigen Erschöpfung, in den sich nur ein Hauch sinnlicher Gier beim Anblick des Weibes Schüssel anzuflehen scheint. Weiter hinten der Kopf eines, der wohl im Streite mit einem Nachbarn die Hand erhebt. Im Hintergrund ein Mann, der seine Notdurft verrichtet. Unter allen nicht einer, den man als Ebenbild Gottes zu bezeichnen wagt, alle arbeitsmatt, vertiert und verroht, stumpfsinnig hinbrütend oder blödsinnig geradeaus starrend. Der Typus der Arbeitsmaschine, der geistigen Verkümmerung durch körperliche Überlastung. Hinter ihnen, als Kutscher auf dem Wagen, ein Mann mit der Peitsche. Den Moment der Ruhe benützt ein schäbiger Jude, um mit ihm zu schachern. Er weiß im Kleinen seinen Vorteil aus dem Schweiß der Elenden zu gewinnen. Davor aber die herkulische Gestalt des Fronvogtes, wie aus einem Dürerschen Stiche herausgeschnitten, so kraftvoll und gewaltig, so ganz Sehne und Muskelkraft, der mit satyrhaftem Grinsen die Schar seiner Opfer betrachtet, die wollüstigen Freuden der Grausamkeit zu genießen scheint und eben in die Stricke der Geißel einen neuen Knoten knüpft, um schärfer zur Arbeit treiben zu können. Und dieses elende Volk wird in Bewegung gesetzt, um auf dem plumpen Karren ein grandioses antikes Kapitäl zum Bau zu schleppen. Ein prächtiges Stück Marmor, mit dem Kaiserbildnis geschmückt, über dem der Adler schwebt, während an den vier Ecken Widderköpfe vorspringen und um den Körper schwungvoll edler Akanthus emporschießt. Dies Kapitäl von ausgesuchter Schönheit, von edelstem Material, ist offenbar bestimmt, das Haus eines gewaltigen Kaisers zu schmücken, dem alle diese Elenden dort fronen müssen. Gebeugt unter der Last und zitternd unter der Peitsche, keucht eine zweite Schar heran, die im Hintergrund sich als dunkle Silhouette mit ihrer Last dahin schiebt, während am Wege ein paar Körper liegen, die man ausgespannt hat, weil sie sterbend den Dienst versagten. Ein paar urwüchsige starke Bäume überschatten die Stätte des Elendes.

Man mag über diese Schilderung des Arbeiterelendes denken, wie man will, packend, ergreifend, ja aufregend ist sie jedenfalls. Brutal wahr, wie manche Scenen aus Hauptmanns „Webern", und nicht minder dramatisch.

Hat Klinger hier sociale Politik treiben wollen? Vielleicht ein wenig. Aber doch, im Grunde genommen, hat er wohl mehr an die zerrüttende Wirkung der harten Arbeit überhaupt erinnern wollen, die den Menschen ins Alltagsjoch einspannt, ihn erschöpft und zu höherem Aufblick unfähig macht, bis er unter dieser selbstgeschaffenen Geißel zusammenbricht, wie der Fürst unter seinem Machtstreben, der Forscher unter seinem Erkenntnistrieb, der Künstler unter seinem nervenzerstörenden Schaffensdrange.

Noch nicht veröffentlicht sind Blatt VI und VII, eine Darstelluug des Krieges und der Krankheit als Massenmörder der Menschheit. Die Krankheit sollte unter der Gestalt der Pestilenz dargestellt werden. Ein Probedruck im Dresdener Kupferstichkabinett zeigt vier Männer in orientalischem Gewande, die um die als Mumie gewickelte Leiche eines Jünglings wehklagend hocken. Das Motiv ist wohl der Bibel entnommen „Gott schlägt die Erstgeburt der Ägypter". Die Platte scheint aber verworfen zu sein.

Versuchen wir es nun, die besprochenen Blätter nach ihrem Gedankengange zusammenzufassen. Auf Blatt I sahen wir das Schicksal hart und unerbittlich über Menschen und Götter walten. Der Mensch aber, ob er sein Schicksal sich selber schafft, ob er durch höhere Gewalten gezwungen dahingeht, ob er ringt und kämpft oder thatenlos duldet, eines ist ihm unfehlbar beschieden, der Tod.

Und so sehen wir denn die Kräfte wirksam, die das Menschenleben bedrohen und vernichten. Auf Blatt II—IV die Vernichter der herrschenden Klassen, den Cäsarenwahn, den Gelehrtenwahn, den Künstlerwahn. Auf Blatt V—VII die Verderber der Masse, der dienenden Klassen, Fronarbeit, Krieg und Pestilenz.

In weit höheren Anschauungs- und Gedankensphären führt uns Klinger in den folgenden Blättern.

„Und doch" (VIII, datiert 1888). Dunkelheit deckt die Erde. Aber in der Ferne flammen die Felsen auf, in abenteuerlichen Gestalten ziehen Wolken und Nebel und durch den Schleier bricht strahlend die Sonne durch. Da reckt der nackte Mensch, der auf dunkler Erde, von Schlangen umringt, einsam wandelte, anbetend die Arme empor. Gewaltig durchflutet ihn neues Leben, und aufatmend badet er die Brust im Morgenrot. Über Irdisches erhaben, nackt und bedürfnislos jauchzt er der Sonne ent-

Abb. 78. Mutter und Kind. Radierung. (Aus: Vom Tode II. Op. XIII, 4.)

gegen und ihrer ewigen Klarheit, auch wenn sein Fuß noch im finsteren Thale wandelt. Der Mensch ist sterblich, und im Elend muß er zu Grunde gehen. Aber die Gewißheit leuchtet ihm in den Strahlen der emporsteigenden Sonne, die Gewißheit einer Ewigkeit, einer unabänderlich wiederkehrenden, einer Sonne, die ewig gleichmütig über Gerechte und Ungerechte scheint, über Elend und Tod, und die in innerster Seele den frei macht, der zu ihr aufblickt, an sie glaubt, sich durchringt zum Lichte einer höheren Anschauung und damit den Tod überwindet. Der Mensch stirbt, aber sein

Abb. 79. Studie zur Radierung Mutter und Kind.
Dresden. Königl. Kupferstichkabinett.

Glaube an das Höhere, an die Natur lebt. Tod wo ist dein Stachel, Hölle wo ist dein Sieg?

Blatt IX (datiert 1889), mit dem Titel „Mutter und Kind", scheint mir malerisch das ausdrucksvollste von allen zu sein (Abb. 78), die ganze düstere Feierlichkeit des Todes spricht daraus in wehmütigen Accorden. Auf schwerem Steinsarkophag liegt aufgebahrt die Mutter vor uns. Ganz eingesunken ist die Gestalt, die mageren Hände über dem Leib gefaltet, der Kopf, zum letztenmale mit Blüten bekränzt, in die Kissen gebettet, hat etwas wunderbar Ergreifendes, denn er spricht von stillem Dulden, von langem Leiden (Abb. 79). Auf des Weibes Brust hockt das Kind, dem Leben zu geben sie vom Leben scheiden mußte, und blickt mit trauriger Frage, frühen Schmerz in den jugendlichen Zügen, auf uns, als ob wir ihm das Rätsel lösen könnten, warum nur durch den Tod es zum Leben kommen konnte, um auch wieder in den Tod dereinst zu gehen (dazu Studie Abb. 80). Der zarte Frauenleichnam in seinen hellen Gewändern ruht auf dem düsteren Sarkophage in einer wunderbar phantastischen Säulenhalle, deren gedrehte Säulen aus Reminiscenzen an Italienisch-Romanisches und Renaissance kühn zusammengesetzt sind. Durch diese Säulen wieder hinaus öffnet sich der Ausblick in den ernsten dunklen Wald, zwischen dessen Baumriesen ein zartes Bäumlein emporsprießt, wie ein Kind unter der Schar der Erwachsenen und schon Absterbenden, die es beschirmen, in deren Schatten es groß wird, bis die Alten eines Tages fallen.

Wir gehen in den Tod, aber neue Generationen erstehen aus unseren Gebeinen, das Einzelwesen stirbt, aber das Geschlecht lebt. Und so überwinden wir den Tod in Erfüllung unserer Pflicht, im Glauben an das Fortbestehen des Geschlechtes, des Stammes, der Menschheit. Der Mensch stirbt, aber er lebt doch weiter — Tod wo ist dein Stachel!

Weiter das großartige Blatt „Die Versuchung" (Bl. X, 1890). Durch ein Hyacinthenfeld am Rande der Wüste sehen wir eine Asketengestalt, ähnlich Johannes dem Täufer, schreiten, abgehärmt und hager, aber ein herrlicher, geistvoller, willensstarker Kopf. Er ist weniger als specifisch biblischer Heiliger, mehr als Typus des mit Ernst sich auf die Ewigkeit vorbereitenden, das eitle Irdische durch harte Selbstzucht überwindenden Menschen zu denken. Zu ihm tritt die Versucherin, ein Riesenweib. Kaum vermag das Mieder die üppige Brust und der reich gestickte Gürtel den üppigen Leib zu bändigen. Lockend drängt sie sich an ihn, lockend blickt sie mit den von Sinnengier erfüllten Zügen ihm in die Augen, bereit, für ihn den Gürtel zu lösen und mit der Linken ihm die glänzende Krone weltlicher Lust und Herrlichkeit anbietend. Aber mit großartiger Gebärde weist der Versuchte alle diese irdische Lockung von sich, um den

Abb. 80. Kinderstuben. Zeichnung. Dresden. Königl. Kupferstichkabinett.

einsamen Weg der Tugend und Entbehrung zu wandeln, durch freiwillige Entsagung sich zu kasteien, den Körper zu zerstören, auf daß der Geist lebe.

Auf Matth. IV, 8—10 verwies in einem früheren Etat eine später entfernte Aufschrift. „Du sollst anbeten Gott, deinen Herrn und ihm allein dienen." Was bedeuten die Lüfte der Welt dem, der entsagt? Was bedeuten die Schrecken des Todes dem, der nichts begehrt von dieser Welt. Was verliert er, wenn er sie verläßt? Sein Leib stirbt, aber seine Seele überwindet. Tod wo ist dein Stachel, Hölle wo ist dein Sieg? — Bereit sein ist alles. —

„Zeit und Ruhm (XI)." Alles fürchtet sich vor der Zeit, nichts widersteht ihr auf die Dauer. Der Mensch unterliegt ihr schnell im Tode, der Nachruhm seiner Thaten überlebt ihn noch in jenen Marmorstatuen, die im Hintergrunde sich unter dem Schatten der Pinien bergen. Aber auch dieser Nachruhm muß sich beugen der Zeit, die über ihn wie über alles dahinschreitet, die stärker ist als Endlichkeit und Tod. Wir sehen ein kolossales Mannweib, die Brust mit Erz gegürtet, das Haupt von Schlangen umflattert, über der Schulter den Hammer tragend, mit dem sie zerschmettert, was ihr entgegensteht. Fern ins Ungewisse ist der harte, mitleidslose Blick gerichtet. Der geflügelte Fuß stampft wuchtig alles nieder, auch den Ruhm, der, den Lorbeerkranz im Haar, vor ihr im Grase sich windet, dem die Posaune entfallen ist, dem nichts die Flügel nützen, mit denen er die fernsten Geschlechter der Menschen zu erreichen hoffte. So starr und gewaltig, wie jene von der Flut benagten Felsen im Hintergrunde, erscheint diese Gestalt der Zeit. In ihr ist das Höchste an unerbittlicher Energie ausgesprochen, was in Menschenform gezeigt werden kann. Alles wie von Eisen, mit scharfen, bestimmten Strichen klar und plastisch gestochen.

Die Studien zu diesem Mannweibe machte Klinger übrigens an einem männlichen Modell. Die betreffende Aktzeichnung, datiert vom 28. April 1888, muß man mit dem Stiche vergleichen, um zu sehen, was alles Klinger in der Ausführung erst von Eigenem der Natur hinzufügt, um solche Monumentalgestalten zu schaffen.

„An die Schönheit (XII)." Kaum ein Blatt ist so einfach und kaum eines so groß wie dieses Schlußblatt vom Tode II. Ueber einen Hügel hin sehen wir zur Linken und Rechten alte, knorrige, verwitterte Baumriesen zum Ufer hinab sich reihen. Wiesengrund zwischen ihnen und weiter hinaus das unendliche, ewig wogende Meer. Darüber der im Lichte strahlende Himmel, an dem kleine zarte Wölkchen ziehen. Wie überwältigend! Mit dem Manne, der dort vor uns Kleider und Schuhe abgelegt, möchten wir niedersinken auf die Kniee, möchten anbetend bekennen, daß wir Menschen bestimmt sind, in Not und Elend zu wandern, daß aber unsere Seele frei wird im Anblick dieser höchsten Schönheit, dieser ewig in strahlendem Lichte lachenden Natur. Wohl ist auch sie sterblich in ihren einzelnen Teilen. Die Baumriesen fallen, das Meer zernagt die Felsen, und wo einst die Wellen fluteten, glüht heute der Wüstensand. Ewig und unvergänglich aber ist ihre Schönheit. Nichtig ist Ruhm und Macht der Menschen, ihre Thaten und Schöpfungen, ihr Leben und Leiden. Sterblich sind selbst die Götter. Religionen kommen und vergehen, der Glaube wechselt, die Schönheit aber wird niemals untergehen, sie allein ist nicht dem Schicksal, dem Tode verfallen.

Wie bezeichnend, daß Klinger diese Schönheit nicht darstellt im Bilde majestätisch ragender Berge, edel gestalteter Baumgruppen und anmutig gewundener Bäche. Daß er sie findet im Einfachsten, in der ruhigen Zusammenstellung von Himmel, Erde und Meer, in dem Glanze von Licht und Luft. Und wahrhaftig, diese vermag er mit den geringen Mitteln von Schwarz und Weiß hier überzeugender darzustellen, als es manchem in großen „Freilichtbildern" gelang. Das ist es, was wir vor allem in an diesem Blatte bewundern, was uns Klinger recht als Modernen, als Verehrer der intimen Landschaft zeigt.

So klingt die Schicksalstragödie „vom Tode II" versöhnend aus. Sterblich ist alles Menschliche, unsterblich die Ideen, unsterblich vor allem die echte Schönheit der Natur. Sich selbst schafft die Menschheit Elend und Tod, aber aus sich selbst überwindet sie auch den Tod, sich opfernd, damit das Geschlecht in Ewigkeit fortexistiert; entsagend, um zu siegen; sterblich am Körper, unsterblich im Geiste.

Mit Spannung sieht man dem Abschluß dieses Monumentalwerkes entgegen. Sechs Blatt (V, VIII, IX, X, XI, XII) sind in endgültiger Fassung veröffentlicht. Die vollständige Ausgabe des Cyklus ist gesichert, da die Verbindung für historische Kunst im Verein mit der Verlagsfirma Amsler & Ruthardt in Berlin vom Künstler das Versprechen baldiger Vollendung erhalten hat.

Im März 1893 kehrte Klinger aus Rom zurück, um zunächst in Leipzig bei den Seinen einzukehren. Die Zeit der Lehr- und Wanderjahre erscheint nun abgeschlossen. Wohl hatte er es verstanden, auch inmitten des Treibens all' der Großstädte, in denen er wechselnd sein Zelt aufgeschlagen, Ruhe und Muße für stille, strenge Arbeit zu finden. Langsam und unvermerkt hatte ihn diese Arbeit in die erste Reihe der deutschen Künstlerschaft gerückt, so daß er nun auch von denen, die ihn einst verkannt und verfemt hatten, ohne Zaudern neben seine einstigen Meister, neben Adolf Menzel und Arnold Böcklin, als der große dritte im Bunde gestellt wird.

Die äußere Unruhe des Wanderdaseins hat bei ihm die innere Ruhe der Seele, des Schaffens, nicht stören können. Aber doch ergab sich wohl auch für ihn mit dem Vorrücken der Jahre das Bedürfnis, eine bleibende Stätte zu wählen. Was den meisten maßgebend für diesen Entschluß ist, die Ehe, hat Klinger niemals gefesselt, vielleicht auch deshalb, weil er in seiner Familie so viel Teilnahme und Verständnis, Hilfe und Pflege fand, daß er der helfenden Gattin leichter entraten konnte. So blieb er in Leipzig, dem Sitz seiner Familie, seit 1893 wohl definitiv. Er brauchte ja nicht, wie kleinere Geister, die äußere Anregung durch mitstrebende Genossen oder durch eine, zu malerischem Schaffen aufstachelnde Umgebung. Er braucht überhaupt keine äußere Anregung, denn sein Talent bildet sich in der Stille, in Ruhe und Einsamkeit. In

Abb. 81. Handstudie zum Fest (Brahmsphantasie). Zeichnung. Dresden. Königl. Kupferstichkabinett.

dem unmittelbar mit Leipzig verbundenen Fabrikort Plagwitz, an der langgestreckten Plagwitzerstraße errichtete er jenen Atelierbau, dessen wir eingangs Erwähnung gethan haben. Auch die glänzendsten Verlockungen, wie das Anerbieten einer Professur in Wien von den Akademien geehrt gesehen. 1891 wurde er z. B. Mitglied der Münchener Akademie, 1894 der Berliner. Aber den Ruhm, als Lehrer und Professor an einer Akademie eine Rolle zu spielen, scheint er doch nicht so hoch zu veranschlagen, um ihm seine Unabhängigkeit zu opfern. Er ist eben einer der seltenen Menschen, die der Verlockung äußerlicher Vorteile widerstehen können und immer mit festem Blick auf ihr höchstes Ziel hinsteuern. Eine echt deutsche Natur auch darin, daß der äußere Schein ihn niemals blendet.

Zunächst hatte er vollauf damit zu thun, die Masse innerer Eindrücke und Entwürfe der so fruchtbaren römischen Jahre zu verarbeiten, das Begonnene zu ergänzen und abzuschließen. Der Cyklus vom Tode II wurde fortgeführt, aber schneller noch gelangte eine andere Frucht der römischen Jahre zur Reife, die Brahmsphantasie. Klinger war von jeher hervorragend musikalisch veranlagt, wie so viele unserer größten Maler und Bildhauer; die Ausübung und das Hören guter Musik waren ihm neben dem Genuß der Naturschönheit seine beste Erholung und zugleich seine intensivste Anregung zu eigenem Schaffen. Hatte doch die Art, wie er seine radierten Cyklen behandelte, selbst etwas vom Wesen einer musikalischen

Abb. 82. Studie zum Fest (Brahmsphantasie). Kreidezeichnung. Besitzer: Der Künstler.

(1896) unter ungewöhnlich günstigen Bedingungen, haben ihn nicht von hier fortlocken können. Zwar hat er ruhig und dankbar den ihm von der sächsischen Regierung angebotenen Professortitel entgegengenommen (1897) und von Jahr zu Jahr sich durch Verleihung von Medaillen, Preisen und Anerkennungen auf Ausstellungen und Komposition. Ganz äußerlich schon darin, daß er sie, wie ein Musiker, als Opus I u. s. w. benannte. Ferner — auf Tonstimmungen beruhten auch seine Schöpfungen. Von einem bestimmten Thema, einem bestimmten Gedanken erfüllt, reihte er die einzelnen Glieder zu einer Kette von Motiven, oft das eine Motiv in mehrfachen

Abb. 83. Entführung des Prometheus. Radierung. (Aus: Brahmsphantasie. Op. XII, 20.)

Variationen wiederholend. Wie in einem Tonstück die einzelnen Sätze, obwohl in ihren wesentlichen Gedanken klar, im einzelnen die mannigfachste Ausdeutung zulassen, so ist es auch mit Klingers Radierungen. Man ahnt wohl, was sie als Ganzes darstellen, ohne daß die Deutung jeder einzelnen Strophe restlos aufginge. Auch die

Abb. 84. Aphrodite. Radierung.
(Aus: Brahmsphantasie. Op. XII, 27.)

Instrumentation, wenn man so sagen darf, seiner radierten Blätter ist musikalischer Natur. Er komponiert auch seine Bilder nicht, wie die Meister aus der ersten Hälfte unseres Jahrhunderts, die mit unzähligen Skizzen und langer Überlegung sich zunächst ihr Bild bis ins einzelnste klar machten und logisch durchdachten, sondern es scheint, als ob er oft nur instinktiv seinem Gefühle folgend, aus Licht und Schatten das Bild zusammensetzte, etwa wie wir beim Binden eines Blumenarrangements diese oder jene Blüte hierhin und dorthin fügen, an bestimmter Stelle eine bestimmte Farbe einsetzen, ohne gleich sagen zu können, weshalb sie gerade hier stehen muß, gerade da den richtigen Effekt macht. Das Bild schwebt ihm vor in allgemeinen Zügen, die Stimmung beherrscht ihn und wird in Formen ausgesprochen, die im einzelnen verschiedenartige Deutung zulassen, als Ganzes aber einen bestimmten Klang in unserer Empfindung erwecken.

In Beethoven verehrte Klinger das gewaltige, alles überragende göttliche Genie. Ihm hatte er in der weiterhin erwähnten Olympiergestalt ein Denkmal zu errichten versucht. Robert Schumann hatte er seine Rettungen Ovidischer Opfer gewidmet.

Fast noch sinniger, jedenfalls intimer, erscheint die Ehrung, die er Brahms erwies, dessen der seinen so wahlverwandte Natur ihn musikalisch längst gefesselt hatte. Schon früher einmal hatte er ein paar Umschläge zu Brahms'schen Kompositionen (Opus 96) mit einer Zinkätzung geschmückt, und zwar mit einer Illustration zu Heines Meerfahrt. Dann hatte er hier und da zu einzelnen Brahms'schen Liedern, die ihn musikalisch gepackt, die adäquate Stimmung malerisch auszuprägen versucht. So reift allmählich eine Folge von 41 Stichen, Radierungen und Lithographien, die unter dem Titel „Brahmsphantasie" als Opus XII in Berlin 1894 bei Amsler und Ruthardt herausgegeben wurde und trotz des ansehnlichen Preises in der Luxusausgabe schnell fast gänzlich vergriffen war; ein Zeichen dafür, daß Klinger, wenn auch vielleicht nicht immer verstanden, so doch jedenfalls bereits hochgeschätzt wird.

Der Grundgedanke des Werkes ist durchaus originell und im besten Sinne modern. Er will keineswegs nur eine Illustration zu den Textworten geben, vielmehr schwebt ihm etwas Neues und Eigenes vor. Wie der Musiker die Dichterworte auf sich wirken und zu eigener Stimmung umgeformt neu erstehen läßt, so soll nun die musikalische Empfindung wiederum vom Künstler in malerischer Gestaltung verkörpert, die Tonempfindungen, so wie er sie fühlt, gleichsam personifiziert werden. Er will also durch das Bild ähnliche Gefühle und Stimmungen in uns auslösen, wie der Dichter durch den Klang und Inhalt der Worte, der Komponist durch die Töne. Die ideelle Einheit der bildenden Kunst und Musik, das, was Wagner für das Gesamtkunstwerk des Musikdramas anstrebte, will er auf dem Gebiete des Lyrischen, auf dem Gebiete des Liedes auch durchführen. Im Dichterwort, in musikalischer und malerischer Komposition soll ein wundervoller Dreiklang entstehen, eines das andere ergänzend, zu einem harmonischen Gesamtkunstwerk verschmolzen für den, der mit rechter künstlerischer Empfindung die drei zugleich zu genießen vermag. Denen, die immer noch klagen, daß unsere Zeit keine idealen Schöpfungen zu bieten vermöge, gibt Klinger damit eine feine und überzeugende Abfertigung.

Wie der Musiker am Instrument einleitend eine Reihe von Accorden greift, um sich allmählich in die Stimmung hineinzuarbeiten, um seine musikalischen Gedanken zu festen Klangfolgen zu ordnen, so gibt auch der Maler ein Titelblatt, genannt „Accorde". Wir sehen den Tonkünstler träumend auf einer Veranda am Klavier, während sich

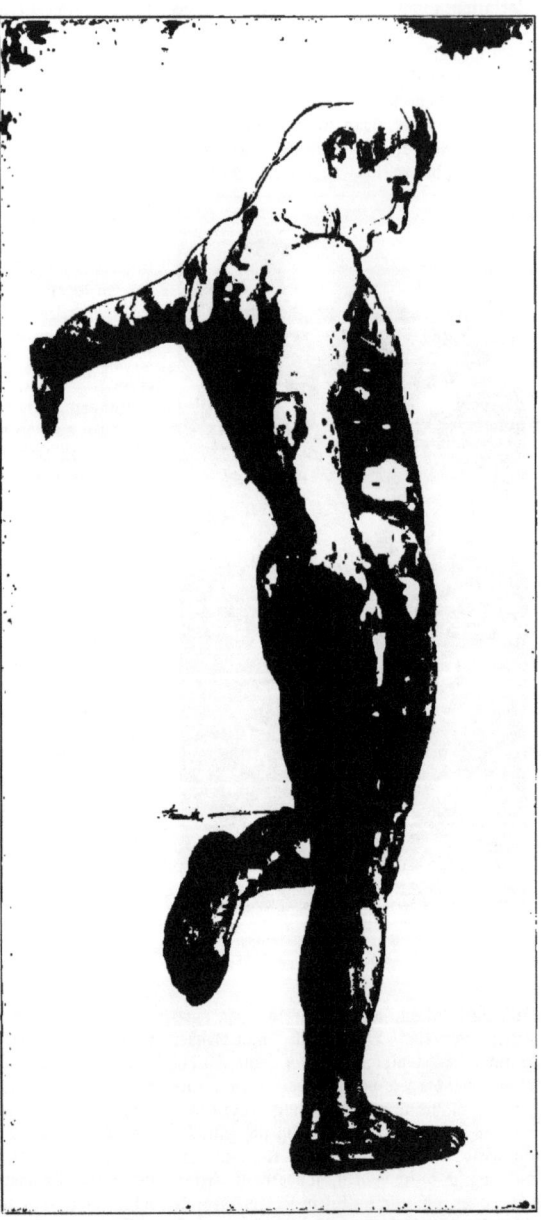

Abb. 85. Aktstudie des Herakles zur „Befreiung des Prometheus". Dresden. Königl. Kupferstichkabinett.

hinter ihm die weite Welt, die unendliche
Schönheit von Himmel, Erde und Meer
aufthut. Es ziehen die Wolken um ragende
Berge, es singen die Wellen ihr rauschen-
des Lied. Ein Klingen und Singen liegt
in der Natur, als höbe aus Wellen die
Weltharfe sich empor, getragen von rauhen
Naturgewalten. Himmel und Erde atmen
Musik, die Geister des Wassers lassen die
Saiten der Harfe ertönen. So feierlich
still ruht das Gestade, von Wellen bespült,
von Gebirgen beschirmt, dunkler Wald ladet
ein zu kühlender Ruhe, heilige Marmor-
hallen zu andächtigem Verweilen. Das ist
die Stimmung, die Kunst und Natur in
uns weckt, in die versetzt, wir die nüchternen
Sorgen und Fragen des Alltagslebens hinter
uns lassen, in Andacht dem folgen, was
die Kunst uns kündet. (Erste Probedrucke
1890.)

Es folgt eine Radierung zu Brahms'
Komposition von Candidus' zartem Liede:

1. „Es kehrt die dunkle Schwalbe
Aus fernem Land zurück.
Die frommen Störche kehren
Und bringen neues Glück.
2. An diesem Frühlingsmorgen,
So trüb verhängt und warm,
Ist mir, als fänd' ich wieder
Den alten Liebesharm.
3. Es ist, als ob mich leise
Wer auf die Schulter schlug,
Als ob ich säuseln hörte,
Wie einer Taube Flug.
4. Es klopft an meine Thüre
Und ist doch niemand drauß;
Ich atme Jasminindüfte
Und habe keinen Strauß.
5. Es ruft mir aus der Ferne,
Ein Auge sieht mich an;
Ein alter Traum erfaßt mich
Und führt mich seine Bahn."

Klinger gibt die Stimmung dieses so
naiv rührenden Liedes und besonders das
melancholische Ausklingen von „Ein alter
Traum erfaßt mich". Er führt uns auf
das flache Dach eines römischen Hauses.
Heiß scheint die Sommersonne hernieder
und zeichnet in der Ferne Kuppeln und
Türme scharf gegen den Himmel. Der
Jüngling, der am Klavier sich selbst be-
gleitend dies Lied sang, ließ die müden
Hände von den Tasten sinken. Ihm war:
„Als ob ihm leise wer auf die Schulter
schlug." Fernhin ziehen seine Gedanken,
der alte Traum lebt in ihm auf, er greift
nach der Kassette, die Zeugen längst ver-
gessenen und verschwundenen Glückes birgt.
Er wirft sich zur Erde nieder, schüttet den
Inhalt vor sich hin. Unsichtbar kauert
Amor neben ihm und wendet mit seinem
Pfeile vergilbte Blätter und welke Blüten
hin und her, als spiele der laue Wind
mit ihnen. Ein jedes Blatt läßt wieder
eine Erinnerung erwachen, die alten Wunden
brennen. Und wie dort unten auf dem
sanft geneigten nordischen Hügelabhang
das wunderliche Rad seines Schicksalslaufes
herabrollt, daß bald die tolle Lust bakchan-
tischen Taumels, bald der finstere Ernst
der trüben Wirklichkeit obenaufsteht, so
träumt der Jüngling bald von dem Glück,
bald von dem Schmerze vergangener Zeit.

Es folgen Randzeichnungen zu dem
böhmischen Volkslied „Sehnsucht" (Brahms,
Op. 49, N. 3):

„Hinter jenen dichten Wäldern
Weilst du, meine Süßgeliebte
Weit, ach weit, weit, ach weit!
Berstet ihr Felsen,
Ebnet euch Thäler,
Daß ich erseh,
Daß ich erspähe
Meine ferne, süße Maid!"

Dazu eine im Waldesdunkel hin-
träumende Maid, ein Jüngling, den das
Schicksal in Weibesgestalt gefesselt hält,
und zum Schluß das Mädchen, das nächtlings am Rande ihres Lagers kauert und,
kaum erkennbar, fast wie ein Phantom, zu
ihren Füßen der Geliebte, Wange an
Wange schmiegend. Davon steht zwar im
Texte nichts, wohl aber in der Musik.

Paul Heyses Sonntagmorgen (Brahms,
Op. 49, 1) begleiten zwei Randleisten:

Am Sonntagmorgen zierlich angethan
Wohl weiß ich, wo du da bist hingegangen
Und manche Leute waren, die dich sah'n
Und kamen dann zu mir, dich zu verklagen.
Als sie mir 's sagten, hab ich laut gelacht
Und in der Kammer dann geweint zur Nacht.
Als sie mir 's sagten, fing ich an zu singen,
Um einsam dann die Hände wund zu ringen.

Auf diesen Text nimmt die Zeichnung nur
zum Teil Rücksicht. Die erste Leiste zeigt
eine kokett auf antikem Siegeswagen dahin-
fahrende nackte Schönheit, unter ihr das
dunkele Haupt eines trauernden Jünglings.
Auf der zweiten Leiste ist ein in sumpfigem
Gewässer versinkender Jüngling zu sehen,
der nach den Blumen am Ufer in seiner
Todesangst wie nach einem Strohhalm
greift. Hat vielleicht das plötzliche Hinauf-

Abb. 86. Tänzerin. Bronze. Besitzer: Der Künstler.

gehen auf a in der in trübem Flusse hinabgleitenden Melodie Klinger zu diesem Motive geführt?

Dann erklingt sanft die Melodie zu Almers': „Feldeinsamkeit", einer der herrlichsten der Brahmsschen Liederkompositionen:

„Ich ruhe still im hohen grünen Gras,
Und sende lange meinen Blick nach oben,
Von Grillen rings umschwirrt ohn' Unterlaß,
Von Himmelsbläue wundersam umwoben."

Und dazu ein Textbild, die weite Campagna, mit ihrem sanft gehügelten Rande:

„Die schönen weißen Wolken zieh'n dahin
Durchs tiefe Blau, wie schöne stille Träume;
Mir ist, als ob ich längst gestorben bin,
Und ziehe selig mit durch ewige Räume."

So träumt der Mann, der dort lang hingestreckt im Grase still selig emporschaut, und ausnahmsweise hat Klinger hier den Text wörtlich dargestellt, weil Musik, Lied und Bild vor diesem einfachsten aller Motive notwendig ganz gleich lauten mußten. Aber gleich schweift doch wieder sein Blick weiter: Wie winzig ist die kleine Kugel Erde, die der riesigen Natur nur zum Sockel dient, der laubbekränzten Natur dort am Blattrande, die ihr Haupt bis hoch empor zum Sonnenball am Firmament erhebt. Wie fühlt der Mensch sich groß und wie sinkt er in nichts zusammen vor solcher üppig strotzenden Saftfülle des großen Pan. Das etwa sind die Träume, die sich Klinger beim sanften Weben der Brahmsmusik aus dem Schwellen der Bässe entwickeln und das zeichnet er auf der schmalen Randleiste. Aus den Moll=accorden aber, welche die letzten Zeilen wehmütig begleiten, schwebt uns in der Randleiste im Nebelschleier ein Liebespaar entgegen, das thränenden Auges die Schauer ewiger Seligkeiten genießt, einer Liebe, die Grab und Tod überdauert.

Zu Halms kleinem Lied voll zitterndem Weh: „kein Haus, keine Heimat" schweigt Klinger, als ob er alle Kräfte nun zu sammeln hätte zur großen entscheidenden That.

Denn alles bisherige erscheint wie ein Vorspiel zur großen Phantasie über das Thema „Brahms", einer Phantasie, die keineswegs nur Hölderlins Schicksalslied illustrieren soll, mit dem sie locker verknüpft ist, die vielmehr, indem sie das Menschenleid der vorangegangenen Lieder in der Prometheussage zusammenfaßt, uns in wuchtigen Bildern das Wesen, die Eigenart, die künstlerische Schönheit Brahms'scher Musik verkörpern soll und wirklich verkörpert.

Noch einmal beginnt Klinger mit einem Vorspiel und, des großen Musikers würdig, schlägt der Maler gewaltige Accorde an in dem Blatte: „Evokation." (Erste Probedrucke 1890.) Versunken ist der feierlich gestimmte Hintergrund, wilder rauschen die Wellen, machtvoller tönt ihr Lied. Riesig steigt die Weltharfe empor. Ein gewal=tiges Weib, dem der Sturm das Gewand von den Gliedern herabgeweht, breitet begeistert und begeisternd die Arme aus, um die Saiten zu schlagen. Die meer=entstiegene Harfe wächst, eine kolossale antike Maske an ihr scheint die Lippen zum Sang zu öffnen und aus den rollenden Wogen des Vorspiels steigen in nebelhafter Ferne die Riesengestalten der Titanen empor, recken drohend die Arme hinauf zum Olymp, schleppen Felsblöcke zum Sturm heran und senden Pfeile zur lichten Höhe.

Die hier erweckte Stimmung gestaltet sich nun zum festen Bilde. Unbeschreiblich, welcher Rausch, welcher Sturm wilder Erregung aus diesem zweiten Blatte klingt. Gebirge werden aufeinander getürmt, Riesenarme recken sich ins Gewölk empor. Es stürmt heran in wildem Gewirr, in furchtbarem Drange, die zu stürzen, die droben wandeln im Licht. Die aber in olympischer Ruhe entsenden kühl und gelassen ihre todbringenden Pfeile.

Endlich sind die furchtbaren Naturkräfte gebannt, ruhen als tote dunkle Masse in der Tiefe, während links oben im aufsteigenden Lichte der jugendliche Prometheus, der Titanide, erscheint.

Dann stürmt Prometheus mit dem göttlichen Funken, den er den Olympischen abgelistet, hinab zur Menschenerde, die noch in Finsternis getaucht. Nicht, wie in der Sage, im Rohre verborgen, sondern als Fackel bringt er das Himmelsfeuer, das wie eine Kette sich zur Erde herniederzieht. Die dunkelen Tonmassen dieses Blattes zu erzielen, griff Klinger zur Schabkunst, deren sammetweiche Töne dieser mystisch düsteren Scene sich vorzüglich anpassen.

Auf dem nächsten Blatte (Fest) herrscht dafür das goldene Sonnenlicht, höchste Heiterkeit. Die mit dem Himmelsgeschenk des Feuers von Prometheus beglückte Menschheit, aus Roheit und tierischem Dasein erlöst, schlingt den Reigen vor dem Opferaltar, ihren kühnen Retter verehrend. Feierlich glüht unter bunklen Bäumen die göttliche Herdflamme, kraftvolle Jünglinge in satyrhaftem Aufzuge schreiten feierlich Hand in Hand und in heiliger Lust gleitet zwischen ihnen hindurch die Kette der Jungfrauen, wie durch die kraftvolle Melodie sich zierlich die Begleitung hindurchschlingt. Nur aus dem musikalischen Gedanken heraus ist

Abb. 87. Salome. Marmorstatue. Leipzig. Museum.

dies Wallen und Wogen der Menschen= meissen zu verstehen, als ob die kraftvoll stampfenden Bässe von den lieblich klingenden und zart hingleitenden helleren Stimmen durchwoben würden. Und wie gemahnt dieses Blatt mit seinen gross gezeichneten

Schmid, Klinger.

festen Muskelgestalten der Männer, mit seinen herbschönen Jungfrauen an die keusche Schönheit und naturwüchsige Kraft italienischer Kunst des Quattrocento, an Botticellis wunderlich klein gefältete, ewig vom Sturmwind bewegte Gewänder, an Signorellis Muskelgestalten von Orvieto! An diese beiden erinnert uns auch der plastische Zug, der trotz aller malerischen Haltung durch dies Bild geht, wie die Stichelführung in ihrer absichtlichen Härte und ihrer Behandlung an frühitalienische Stecher. Hier hatte sich Klinger sein eigenes Schönheitsideal geschaffen, fern von konventioneller Glätte und Süßlichkeit. Er bereitete den Stich überaus sorgfältig durch Studien vor (Abb. 81, 82). 1893 wurden die ersten Probedrucke von der Platte abgezogen.

Aber drohende Töne brechen in diese Jubelklänge. Fort aus der wonnigen Ruhe des Haines führt uns das Bild zu den strudelnden Wogen des ungastlichen Meeres, über denen, zackig und schneebedeckt, wolkenumtürmt, sich nackte Gipfel erheben. Dorthin wird „Prometheus entführt" (Abb. 83). Des Zeus Adler und Hermes gemeinsam tragen in raschem Fluge durch die Lüfte ihn, der hilflos in ihren Fängen hängt. Der Lorbeer, den die Menschen ihm um die Stirn gewunden, fällt Blatt um Blatt in die schwarzen Wogen, mitleidlos rauscht das dunkle Gefieder des Götteradlers um sein Haupt, Hermes packt die Schnur des Hutes, den der Wind bei der eiligen Fahrt zu entführen scheint, mit den Zähnen, und, — ein Bild furchtbarer Hilflosigkeit — sehen wir den Allzukühnen schwerem Schicksal entgegengeführt.

So hat sich Freude und Seligkeit in Leid verkehrt. Angstvoll erkennen die Menschen der Gottheit Stärke, daß ihnen nicht bestimmt ist, die göttliche Flamme in ewigem Jubel zu umschwärmen. Titanenleichen trug ihnen die Woge des Meeres an den Strand. Da warfen sie sich zitternd nieder vor dem allmächtigen Zeus („Opfer"), der starr und übermächtig in den Wolken thront, der jenes Gebirge zum Schemel seiner Füße machte, an dem der trotzige Titanensohn Prometheus zu ewiger Strafe angeschmiedet erscheint.

So thronen die Göttlichen in ewiger Klarheit, der Menschheit aber ist ewiges Leiden bestimmt.

Da setzt zu Hölderlins Versen Brahms' erschütterndes Schicksalslied ein:

Ihr wandelt droben im Licht
Auf weichem Boden, selige Genien!
Glänzende Götterlüfte — Rühren Euch leicht —
Wie die Finger der Künstlerin — Heilige Saiten —
Schicksallos, wie der schlafende Säugling,
Atmen die Himmlischen;
Keusch bewahrt — In bescheidener Knospe, —
Blühet ewig — Ihnen der Geist, —
Und die seligen Augen — Blicken in stiller —
Ewiger Klarheit.

Doch uns ist gegeben — Auf keiner Stätte zu ruh'n,
Es schwinden, es fallen — Die leidenden Menschen —
Blindlings von einer — Stunde zur andern
Wie Wasser von Klippe — Zu Klippe geworfen
Jahrlang ins Ungewisse hinab.

Bilder und Randleisten begleiten auch hier die Noten.

Über dunklem Meer, in glänzenden Götterlüften, großartig feierlich, ruhig und schicksallos thront Zeus mit der Gattin Hera im Gewölk. Aus der Erde aber hebt sich wie dunkles Leid, mit vergrämten Zügen, ungeheures Grauen im Blicke das Schicksal der Menschheit, an die Erde gefesselt, aber mit dem Haupte doch darüber hinauf zu den Göttern sich wendend. Ihm legt der greise Sänger Homer die Harfe auf das Haupt, um vom ewigen Kampfe und Leiden zu künden, von Geschlechtern, die in endloser Folge von Wellen und Wogen da hinter ihm an den Strand gespült werden. Das Vorspiel begleitet eine Randleiste mit dem in der Wüste unter glühender Sonne verschmachtenden Weibe, langsam in Sehnsucht hinwelkend, wie die Töne des Vorspiels langsam und sehnsuchtsvoll klagen. Und wie dann aus der Musik des ewig blühende Geist und die seligen Augen der Götter zu klingen scheinen, so wölbt sich in dunklem Blau das Himmelsgebäude, auf dessen Höhen schöne Gottheiten in linden Lüften schweben. So steigt die schaumgeborene Venus vor unseren Blicken empor (Abb. 84). Zuckende Blitze peitschen die schwarzen Wogen, und wie Wasser von Klippe zu Klippe geworfen, werfen sie die leidende Menschheit ruhelos hin und her. Jammervoll blicken diese aus dem dunklen Gewoge hinauf zur Göttin, deren dunkles Gewand, den Unterkörper bedeckend, mit Wolken und Wellen zusammenklingt, während in lichtstrahlender Schönheit sich der zarte Oberkörper, mit wachsender Breite der Hüften daraus emporlöst, in himmlischer Helligkeit das beseligt aufgerichtete Haupt, von goldenem Lockenhaar umflutet, ewig blühend emporsteigt.

übertönend, die im Gebete wimmern. Und nun beginnt der Chor in unendlicher Trauer, jede Lebenshoffnung hemmend, mit Todesschauern uns bis ins Mark erschütternd sein: „Ins Ungewisse hinab" zu klagen.

Abb. 88. Kopf der Salome. Marmor. Detail zu Abb. 87.

Dann rauscht in der Begleitung in kurzen, heftigen Stößen das Wasser, von Klippe zu Klippe geworfen, wie die Menschen auf der Randleiste, es braust der Sturm über die Städte der Menschheit, alles vernichtend, das Jammern der Alten

Da ruht auf blumiger Wiese ein junges Weib, der die Töne mit Gewalt ans Herz greifen, daß sie verzweiflungsvoll mit todtraurigem Blicke vor sich hinstarrt. Und hinter ihr reitet schattenhaft, aber in furchtbarer Wirklichkeit der Ritter Tod auf dunklem Roß, im Eisenpanzer, gefühllos, unerbittlich. Unter dem gehobenen Visier starrt sein Knochenantlitz. Mit eiserner Faust winkt er dem Weibe, ihm zu folgen auf sein freudloses Schloß. Hier muß auch der sonst Gefühllose sichtbar das grausam unsre Seele Packende empfinden, wenn Bild und Lied zugleich vor ihn treten. Dann schwebt noch einmal das „Ungewisse" als eine ernste verschleierte ungewiß verfließende Gestalt an uns vorüber, der Menschheit Fluch tritt uns vor Augen in dem Bauern, der in Sturm und Wetter seinen Acker pflügt, und dem aus den frisch gezogenen Furchen Schwerter und Bajonette wachsen, während in den Wolken die Schicksalshand hart eingreifend Recht und Gerechtigkeit vernichtet. (Aus dem Lotscheit wird die Lotkugel gerissen.)

Aber während Hölderlins Verse so hoffnungslos ausklingen und die Menschen — „Blindlings von Klippe zu Klippe geworfen, Jahrelang ins Ungewisse hinabgleiten lassen", läßt Brahms zum Schlusse im Adagio der Menschen wirres Geschick in kummervollen, aber zum Schluß doch seligen, friedlichen Klängen sich auflösen.

Klinger aber stellt sich in seinem Schlußblatt vom „befreiten Prometheus" zwischen Dichter und Musiker. Droben auf den Berghöhen des Kaukasus, zwischen ungeheuren Blöcken vollzog Herakles des Prometheus Erlösung, traf mit sicherem Pfeil die gierigen Vögel und löste die Fesseln des Dulders. Aus der dunklen See jauchzten die Meerfrauen dem Geretteten zu. Der aber birgt, überwältigt von seinen Schmerzen und seinem Glück, das Haupt in den Händen und tiefgebeugt läßt er die Erinnerung an ein ungeheures Schicksal durch die Seele ziehen. Mit heldenhaftem Anstand, im Hochgefühl der vollzogenen That, steht Herakles neben ihm (Studie, Abb. 85). Aber er beugt das Haupt und ehrt in stummem Schweigen den tief erschütterten Dulder Prometheus. Über der See aber ballt sich majestätisch dunkles Gewölk, verklingender Nachhall eines abziehenden Gewitters.

So waren auch wir erschüttert, in allen Tiefen aufgeregt durch Brahms Musik. Und — mag der Schluß versöhnend sein — stärker als das befreite Aufjauchzen der Meergötter ist in unserer Seele der langtönende Nachhall, das Nachzittern alles Leides.

Es ist überflüssig, auszusprechen, daß Klinger in diesem Werke weit über alles Durchschnittsmaß hinaus als ganz Einziger, Unvergleichlicher vor uns steht. Für das, was er hier geschaffen, gibt es keine Parallelen. Aus Brahms' Musik ersteht ihm das Menschenschicksal. Prometheus ist ihm die Form, das Symbol des Menschengeistes, speciell des künstlerisch schaffenden Geistes, in dem seine Phantasie zum Thema Brahms' Gestalt annimmt. Jener Prometheus, der den göttlichen Funken den Himmlischen raubte, ihn den Menschen brachte, sie zu erheben, zu lösen vom vegetierenden Dasein, von rein animaler Existenz, das Göttliche im Menschen zu entzünden. In seinem Schicksal, in seinem Leiden um des Dranges nach Erkenntnis, nach Erleuchtung willen, sieht Klinger das Leiden des künstlerischen Genius verkörpert.

Noch eine andere Frucht hatten die römischen Jahre getragen, eine Büste aus farbigem Marmor. Schon im Jahre 1892 wurde aus Rom berichtet, daß der Maler Max Klinger, wie sein Freund Stauffer-Bern, sich der Bildhauerkunst gewidmet habe. Man hielt es für Laune und fühlte nicht, daß es die notwendige Ergänzung zu Klingers ganzem Streben war, das die Grenzen der Technik überall mißachtet und abgesehen von dem Gebiete der Architektur, dem er niemals nahe trat, jede künstlerische Ausdrucksform zu beherrschen verlangte. Auch hier trat er von vornherein ganz selbständig auf, zunächst schon darin, daß er das Handwerkliche keineswegs verachtete, daß er sich nicht, wie so manche Denkmalsfabrikanten damit begnügte, eine Figur in Thon zu modellieren und dann von italienischen Steinarbeitern mit kleinen naturalistischen Triks in Marmor ausführen zu lassen. Gewiß hatte er auch seine Gehilfen, aber die eigentliche Ausführung behielt er gewissenhaft in Händen. Und mit seiner unerschütterlichen Arbeitsfreudigkeit machte er sich auch die Technik des Modellierens und der Marmorarbeit zu eigen. Heute wird keiner mehr ihm vorwerfen, daß er als Malerdilettant bildhauere, im Gegenteil, auch den zünftigen Bildhauern steht er als origineller Schöpfer, ja als Bahnbrecher vor Augen. Mit dem Entwurf einer Beethovenstatue begann er 1886. Die kleine Figur einer Tänzerin (Abb. 86) war sein erster

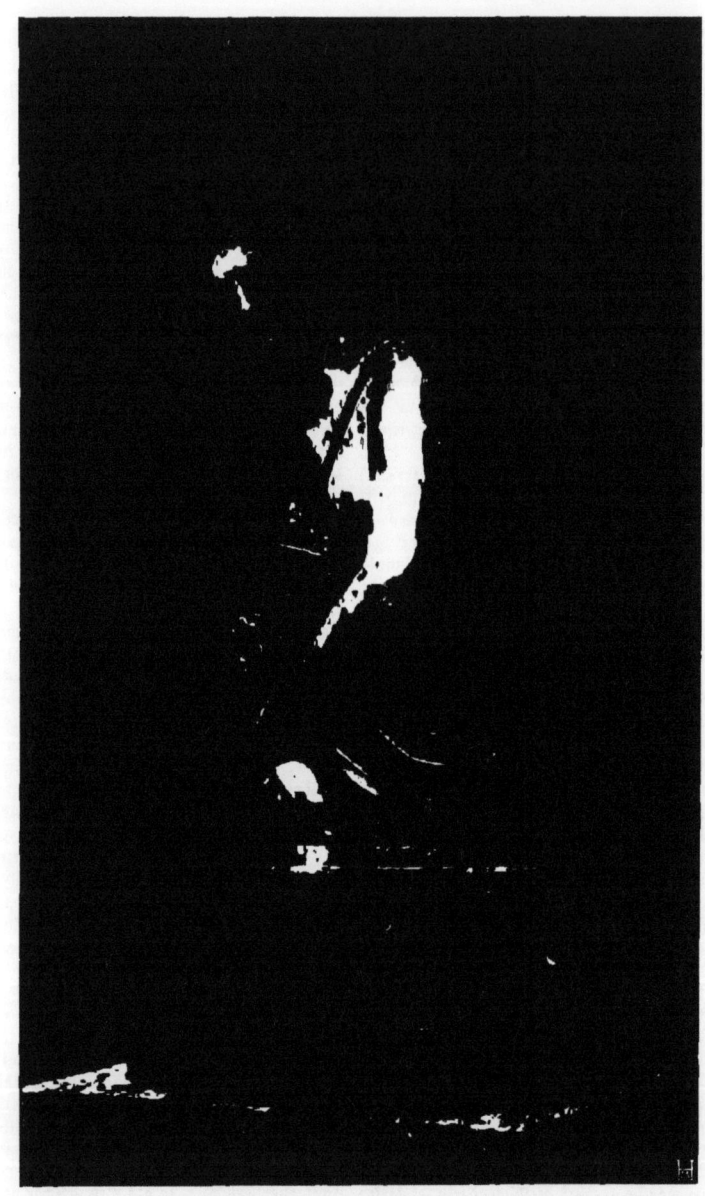

Abb. 89. Kassandra. Marmorstatue. Leipzig. Museum.

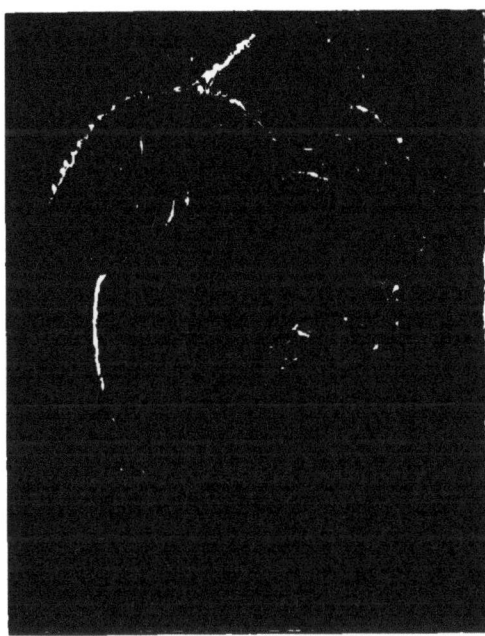

Abb. 90. Studie zur Salome. Pastell.
Besitzer: Dr. J. Vogel, Leipzig.

öffentlicher Verfuch. Dann stellte ihn gleich die erste größere Büste, die er ausführte, selbstverständlich nach dem lebenden Modell auf Grund sorgfältigster Naturstudien, in die Reihe derjenigen, welche die Frage zu lösen bestrebt waren: „Sollen wir unsere Statuen bemalen?" Während die meisten aber mit einer gewissen reservierten Tönung des Marmors dem Ziele zustrebten, griff er auf das antike Vorbild zurück und setzte aus kräftig bunten Steinen seine Figuren zusammen. Den Schulmeistern der Plastik, die gerade darin etwas Besonderes erblicken, daß eine Figur aus einem Blocke gemeißelt wird, behagte dies Zusammenstücken wenig. Aber nach Schulmeistern hat ja Klinger nie gefragt. Zweierlei mochte ihn zu diesem besonderen Vorgehen veranlaßt haben: einmal sein immer mehr erstarkendes plastisches Empfinden, das sich in seinen Grabstichelarbeiten so deutlich ausspracht, dann aber sein Malerauge, das sich an den vornehmen Tonwirkungen, an der wundervollen Leuchtkraft und dem harten eleganten Glanze edler Steinsorten schon längst berauscht hatte und das ihn reizen mußte, statt nur für Bildersockel, dies Material auch für menschliche Gestalten malerisch auszunützen. Diese Freude an schönem Gestein ist bei ihm zu höchster Begeisterung, zu einem wahren Fanatismus ausgebildet. Mehrfach machte er sogar größere Reisen nach Italien, Griechenland und den Pyrenäen, mit der Absicht, dort Marmor zu suchen.

Mit dem modernen Streben nach Farbe und Ton ist die Alleinherrschaft des kryftallklaren lichtstrahlenden Carraramarmors überwunden. Vollends in Verbindung mit den schon in der antiken Architektur zu so großen Effekten ausgebeuteten farbigen Marmorarten konnte er nur ausnahmsweise verwendet werden, da er neben ihnen leblos und starr wirkt. So werden auch die Fleischpartien an den Figuren aus einem wärmeren (parischen u. a.) Stein gearbeitet und mit den verschiedensten Mitteln gebeizt, um den rechten Ton zu erhalten. Daß Klinger zur Erzielung der höchsten Lebendigkeit dann noch zur Einfügung anderen Materials überging, etwa die Augen aus Bernstein bildete, ist nur die logische Folge des ganzen Verfahrens. Es ist damit praktisch bewiesen, daß alle Befürchtungen derer, die in der Plastik die Farbe hassen, alle Prophezeiungen von Panoptikumwirkung und dergleichen einfach hinfällig sind, wo reiche Künstlerhand gestaltet. Man hatte warnend auf die späteren römischen Kaiserbildnisse in buntem Marmor hingewiesen, bei denen allerdings öder Materialprunk die Hauptsache erscheint.

Man vergaß nur, daß Künstlergeist den Materialprunk überwindet und daß auch unter jenen Römerporträts und ihren hellenistischen Vorbildern einst echte Kunstwerke sich befanden neben der Masse erhaltenen Mittelgutes.

Wenn Klinger die schon längst von ihm geplante, aber erst 1894 in Leipzig vollendete weibliche Halbfigur Salome genannt hat, so wollte er auch hier wieder nicht so sehr die Einzelpersönlichkeit als vielmehr den Typus des Weibes schildern, das sinnbethörend und durch seine Schönheit alle Vernunft und Gerechtigkeit überwindend, als grausame Siegerin über männliche Schwäche dasteht (Abb. 87). So sehen wir sie vor uns, feingliederig, nicht allzu üppig, ganz ruhig mit über dem Leib gekreuzten Armen stehend. Weich umhüllt sie das Gewand, das die zarten Formen nur wenig verbirgt, den jungen, frischen Busen durchblicken läßt. Der Kopf, raffiniert naturwahr gestaltet, übrigens auch die fast männliche Hand sind nicht allzu voll, aber doch weich in den Formen. Eine glühende Sinnlichkeit, verschlagene List blickt aus den frechen, lüsternen Augen. Der Mund, das gerade Gegenteil des stilisierten griechischen, trägt mit seinen scharf ausgeprägten Linien, den schmalen feingeschnittenen Lippen zur Erhöhung dieses Eindruckes bei (Abb. 88). Es ist der Typus der beauté du diable.

Und doch liegt im Antlitz wie in der Haltung etwas Starres, etwas Sphinxhaftes, etwas zugleich Aufregendes und Bannendes. Wem dies Weib in den Weg tritt, wen sie mit der Glut ihrer Leidenschaft in Brand setzt, der ist verloren, der kann im Taumel von Begierde und Genuß nicht widerstehen, auch wenn das verschlagene Weib Ungeheuerliches fordert. Und als Zeichen dessen sehen wir zur Linken und Rechten am Sockel je einen Marmorkopf. Zur Rechten ein Jünglingshaupt, blaß und entnervt, aber noch im Tode den starren Blick zur Verführerin emporrichtend; zur Linken die Züge eines älteren Mannes, mit seinem unrasierten Kinn, seinem erschlafften Lebemannsgesichte der Typus jener Männer, denen man in Ostende und Monaco in Gesellschaft solcher Sirenen zu begegnen pflegt.

Als dieses Werk hervortrat, zunächst im Entwurf und dann weiterhin in Marmor ausgestellt wurde, da begriffen nur wenige, wie außergewöhnlich, wie hoch über das Durchschnittsmaß hinausragend diese Leistung sei, die so nur von einem Bildhauer, der zugleich Maler war, geschaffen werden konnte. Wie wunderbar

Abb. 91. Studie zur Salome. Pastell.
Besitzer: Dr. J. Vogel, Leipzig.

Amphitrite. Besitzer: Königs, Berlin.
(Vorderansicht.)

wirkt dieses graugestreifte Gewand, dieses rötliche Haar und dieser gelbliche Teint, und wie erschreckend und grauenerregend treten dagegen der in leichenhaft bläulicher Blässe gehaltene Jünglingskopf und das maltbraune Männerhaupt hervor!

Bald (1895) folgte eine zweite farbige Skulptur, die Kassandra, gleichfalls jetzt im Leipziger Museum, das mit diesen beiden Bildwerken dermaleinst einen vielbeneideten Besitz von hohem Werte haben wird. Auch Kassandra ist als Halbfigur gegeben (Abb. 89). Leicht vornüber gebeugt, blickt sie ernst fragend und schwermütig in die Ferne, als ob ihre dunklen Augen die für ihr Vaterland so trübe Zukunft durchforschen müßten. Das antikisierende Gewand ist von der linken Schulter herabgesunken, über die ein Bronzeriemen läuft. So sind Kopf, rechte Schulter und die Arme frei und zeigen in dem warm getönten Marmor das edelste, feste und doch frauenhaft weiche Fleisch. Besonders die übereinander gelegten Hände sind von einer geradezu hinreißenden Naturwahrheit, und das einfach gescheitelte braunrote Haar und das gelbrote Gewand mit violettroten Tönen darin lassen die Sammetwirkung der Haut noch deutlicher zur Geltung kommen. Das Gewand von Alabaster und vor allem der Sockel von Pyrenäenmarmor müssen dem Malerauge berückend erscheinen. Die Augen sind wieder eingesetzt. Wem vor dieser Figur nichts anderes einfällt, als die Frage, ob die Alten Kassandra sich wohl so vorgestellt haben, der ist eher zu bedauern, als zu verdammen. Wer hier nicht sieht, daß auf Grund sorgsamster Beobachtung, strengster Naturerforschung ein eigener naturalistischer Stil geschaffen ist, daß die Zusammenstellung und Tönung des Marmors so ausgesucht feine Effekte ergibt, wie sie auch die schönste carrarische Marmorgestalt niemals uns vorzaubern kann, wer auch hier schulmeisterlich kritisiert, statt in vollen Zügen zu genießen, dem ist nicht zu helfen. Kaum sollte man glauben, daß es denkbar sei, peinlichste Naturtreue im Einzelnen mit feierlich strenger hoheitsvoller Gesamtwirkung so zu vereinen, wie in dieser hehren Gestalt der trojanischen Priesterin.

Aber noch hat Klinger in der farbigen Plastik das letzte Wort nicht gesprochen. Noch steht in seinem Atelier der Entwurf für jene Beethovenstatue, die langsam, ganz langsam der höchsten Vollendung entgegenreist. Beethoven ist hier gebildet als der Olympier, der in antikem Gewande, zeusmäßig, mit entblößtem Oberkörper auf dem kostbaren Throne ruht. Der Oberkörper ist vorgebeugt, die Arme auf die Oberschenkel aufgelegt, die Hand geballt, als sei dieser Mann in heftigstem Gedankenringen begriffen, das bis in die Fingerspitzen wirkt. Der edle Kopf, von wallendem Lockenhaar umrahmt, zeigt herbe, fast finstere Züge, und härteste Gedankenarbeit ist hier in höchster Konzentration zum Ausdruck gebracht. Die Polychromie, d. h. die Verwendung verschiedenartigsten Materials soll bei dieser Figur in vollstem Umfange zur Verwendung kommen. Mühsam suchte Klinger in Griechenland den warmtönigen Marmor, den er für die Fleischteile der Figur ersehnt, dazu kostbaren tyroler Onyx für den weiten Mantel. Der Thronsessel wird aus Goldbronze, verschiedenfarbig patiniert, gefertigt, mit Elfenbeinschnitzereien an den Thronecken, und das Ganze ruht auf Marmorwolken, während ein Adler als Träger dieser göttermäßigen Gestalt, aus schwarzem Ebenholze geschnitzt, zu seinen Füßen emporsteigen soll. Keine Mühe und keine Kosten werden gescheut. Noch wagt Klinger nicht, die letzte Hand an das Werk zu legen. Das Gewaltige, das ihm vorschwebt, aus dem Steine erstehen zu lassen, wartet er immer noch den Moment der Begeisterung ab. Wenn aber einst die Statue vollendet steht, wird sie Hunderte großer und prunkvoller Sieges- und Kriegerdenkmale aufwiegen, wie sie heute aus der Berliner und anderen Massenfabriken hervorgehen. Und es wird, von antikem Geiste erfüllt und in ausländischem Material gearbeitet, doch ein viel nationaleres Werk sein, als manches sogenannte Nationaldenkmal. Denn der deutsche Geist, der vielgerühmte Genius des Volkes der Dichter und Denker, wird hier zu uns sprechen in ernsten, tiefsinnigen und schmuckreichen Worten.

Vor Jahren schon modellierte Klinger eine lebensgroße Figur einer schreitenden

Abb. 93. Amphitrite. Besitzer: Königs, Berlin.
(Seitenansicht.)

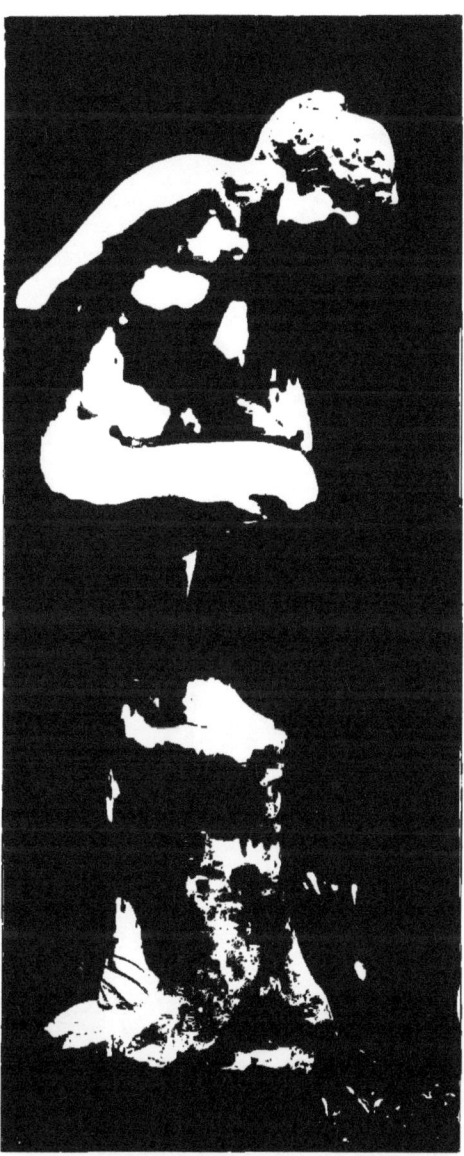

Abb. 94. Badendes Mädchen. Marmor. Leipzig. Museum.
(Von der rechten Seite gesehen.)

Muse. Die Aktfigur war im Thonmodell fertig und abgeformt. Dann begann er nach einem Stoffe zu suchen, der in jenen kleinen wellenartigen Falten vom Winde gebauscht wird, wie sie Sandro Botticellis Gewandfiguren eigen. Daraus ließ er ein Gewand schneidern und probierte es am Gipsmodell. Das vollendete Werk soll für Leipzig bestimmt sein. Aber 1899 stellte er das Gipsmodell der unbekleideten Muse in Dresden aus und daneben eine ganze Reihe weiterer plastischer Arbeiten. So die Herme einer Amphitrite (Abb. 92, 93), Marmor, leicht poliert, einzelne Teile aber kräftiger bemalt, in Haltung und Ausdruck, besonders des völlig modernen Kopfes, von so sieghafter Würde und Schönheit, daß sie trotz der fehlenden Arme neben den edelsten antiken Frauengestalten bestehen würde. Ursprünglich war im Entwurf wohl keine Herme beabsichtigt. Da aber der Marmorblock nicht ausreichte, blieben die Arme fort, ohne daß damit dem Effekt Abbruch geschah. Weiterhin befand sich auf der Dresdener Ausstellung die Marmorstatue eines badenden Mädchens, die schon 1898 in Wien ausgestellt war und jetzt vom Leipziger Museum angekauft wurde (Abb. 94, 95). Die wunderbare Natürlichkeit dieser Erscheinung, die glänzende Behandlung der leicht getönten Epidermis, das Jugendfrische und Lebenswarme war so überzeugend, daß vor dieser und der Amphitriteherme selbst die eigensinnigsten Gegner Klingers sich gefangen gaben.

Lange mühte sich Klinger

ab mit der Darstellung eines nackten Ruderers. Schließlich gab er diesem ein anderes Motiv, indem er einen Urmenschen daraus formte, der mit einem Baumast Steinblöcke aus dem Gebirge bricht. Neben ihm liegt der Leichnam seines Weibes, das zu rächen er wohl sich bereitet. Unter dem Titel „Drama, plastische Skizze" erschien auch dies Werk im Gipsabguß in Dresden. Ebenso die zierlichen Bronzefigürchen dreier Tänzerinnen auf einem Sockel, ein reizendes dekoratives Werk, entwickelt aus jener Einzelfigur einer Tänzerin (Abb. 86), die wir zuvor erwähnt.

Es würde zu weit führen, wollten wir hier noch aller der Gelegenheitsarbeiten Erwähnung thun, die Klinger im letzten Jahrzehnt nebenher zeichnete, radierte und stach. So wurde z. B. im zweiten Jahrgang der Zeitschrift Pan (Heft 2) eine feine Originalradierung „die Erinnerung" veröffentlicht, die in ihrer ganzen Auffassung uns böcklinhaft anmutet. Durch den geöffneten Vorhangspalt des Gedächtnisses blickt ein junges Weib auf uns mit sehnsüchtigen Augen, die „Erinnerung". Vorhang und Frauengestalt sind in Schabmanier ausgeführt. Für die Sezession gab er 1893 als Titelblatt einen wieder an Böcklin erinnernden Frauenkopf.

Sehr geistreich war eine Tischkarte für den XVII. Kongreß der association littéraire et artistique zu Dresden (24. September 1896), die Darstellung eines eleganten Gauners, der einem braven Künstler etwas aus der Tasche stiehlt; eine symbolische Darstellung des Diebstahls an künstlerischem Geistesbesitz.

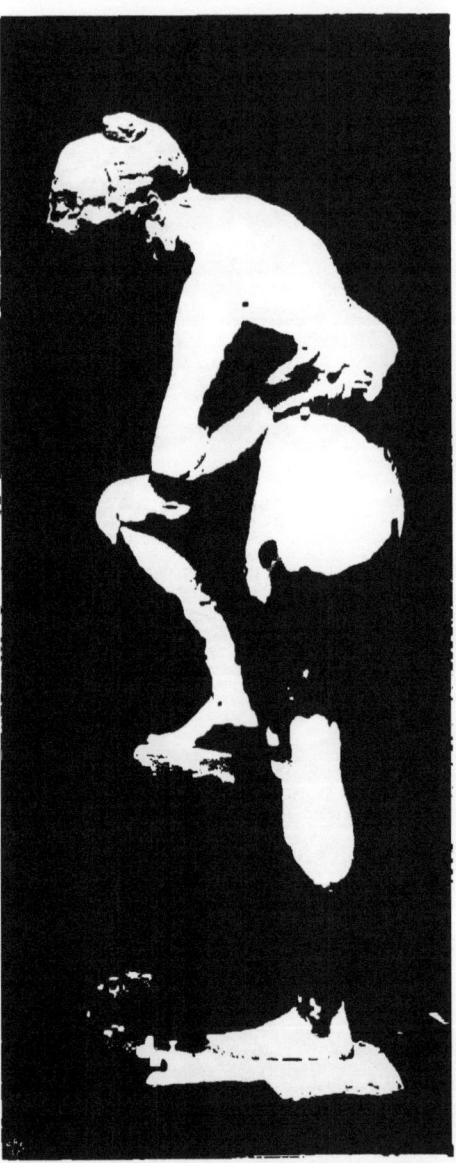

Abb. 95. Badendes Mädchen. Marmor. Leipzig. Museum. (Von der linken Seite gesehen.)

Ein Widmungsblatt für den Zoologen Leuckardt zeigt die Wissenschaft am Webstuhl, auf dem ein Teppich mit der Darstellung der Tierwelt im Paradies sichtbar wird. (Radiert 1895, Abdruck im Pan, Jahrg. 1896. Heft 5.) Ursprünglich hatte Klinger an Penelope am Webstuhl gedacht. Das Blatt wurde dann als Kupferfarbendruck mit Zuhilfenahme lithographischen Druckes ausgeführt, wie der farbige Druck ja auch in der Brahmsphantasie wiederholt herangezogen wurde.

Wenn Klinger auch in den letzten Jahren der Plastik in seinem Schaffen den breitesten Raum gönnt und die Radierung ganz dagegen zurücktritt, so fehlt es doch nicht an malerischer Bethätigung.

Eine sehr willkommene Gelegenheit, seine Gedanken vom farbigen Gesamtkunstwerke in Anwendung zu bringen, eröffnete sich ihm mit dem Plane der Ausmalung des Treppenhauses im Leipziger Museum. Klinger hatte in den großartig stimmungsvollen Entwürfen für Leipzig, in denen symbolisch die vier Jahreszeiten verherrlicht werden, vollste Rücksicht darauf genommen, daß mehr als bisher bei uns üblich, die dekorative farbige Gesamtwirkung zur Herrschaft kommt. Er hatte es verstanden, an einzelnen Stellen die Farben zu höchstem Effekt zu steigern, ohne diesen Effekt zur Hauptsache und zum Selbstzweck zu machen. Leider scheint man in Leipzig von der Ausführung dieser Entwürfe Abstand zu nehmen. Warum? Wenn Klingers Skizzen hier, wie immer, von dem Gewohnten abweichen, wenn sie in der Farbengebung etwas Unbegreifliches für das Auge des Durchschnittsmenschen haben, so weiß Klinger doch genau, was er will. Mag ihm immerhin, wie viele behaupten, die Beherrschung der Farbe schwerer fallen, als die Abstimmung in Schwarz und Weiß. Vielleicht denken spätere Generationen darüber anders. Auf jeden Fall hätte man ihm in seiner Vaterstadt Leipzig Gelegenheit gewähren müssen, seine Fähigkeit zur dekorativen Bewältigung großer Räume darzulegen.

Oder zieht man es vor, von irgend einem ehrenwerten Manne ehrenwerte Bilder in jenes Treppenhaus setzen zu lassen, nach denen in 50 Jahren kein Mensch mehr schauen mag?

1897 trat Klinger mit seinem Hauptwerke hervor, das die Bezeichnung „Christus und die Kardinaltugenden im Olymp" führt (Abb. 96). Es ist die umfangreichste seiner Arbeiten, in der äußeren Form wieder anknüpfend an das Parisurteil. Auf einem Steinsockel erhebt sich das Riesenbild. Durch zwei Palmstämme von poliertem Mahagoni sind schmale Flügel abgegrenzt, durch eine wagerechte Leiste die Predella, von plastischen Figuren begrenzt. Auch hier hat also Klinger Malerei und Plastik als Einheit angesehen, neben dem gedanklichen Wert des Bildes den dekorativen gebührend beachtet. Aber er prunkt nicht mit brillanten Farben à la Rubens, mit roten Gewändern und blauen Mänteln auf Kosten der Wahrheit. Er stellt vielmehr alles im klaren Lichte der Wirklichkeit überzeugend dar, ohne eintönig oder trübe zu werden, ohne den farbigen Reiz zu opfern, ohne dem Vorgange die übersinnliche Wirkung zu rauben.

Der Gedanke des Werkes ist kühn und überraschend. Obgleich eine Verherrlichung des Christentums zu Grunde liegt, hat er nicht das geringste mit traditioneller christlicher Anschauung zu thun. Von der Höhe freien Menschentums her, als einer, der gleichmäßig und gerecht zwischen Christentum und Heidentum abwägen will, hat Klinger das Thema behandelt.

Vor uns sehen wir eine blumige Wiese, von Gebüsch begrenzt, und darüber hinaus den hellschimmernden Spiegel des Meeres. Zur Linken ragt ein schön geformter Baum empor und eine üppige Palme, in der Amoretten als Früchte hängen. Zur Rechten ein Lorbeerhain, über dem ein Hügel sich erhebt, und über die Pinien dieses Hügels her grüßen leuchtend die Hallen antiker Tempelbauten. Die Götter des Olymps sind versammelt um Vater Zeus auf seinem Thron. Da bewegt ein seltsamer Zug sich heran. Christus in leuchtend gelbem Gewand tritt langsam vor; Veilchen sprießen, wo sein Fuß die Erde betrat, edle keusche Frauengestalten folgen ihm, die freiwillig sein Kreuz auf sich genommen haben. Wie zittern die alten lebensfrohen Götter, wie unwillig starren sie den Eindringling an. Hermes, im Vordergrund mit dem Botenstab, blickt verwundert, Apoll trägt seine hinsinkende Schwester Artemis davon, in Amphitrites Schoß schlummert Poseidon; nur Ares spielt kampfbereit mit dem Degen

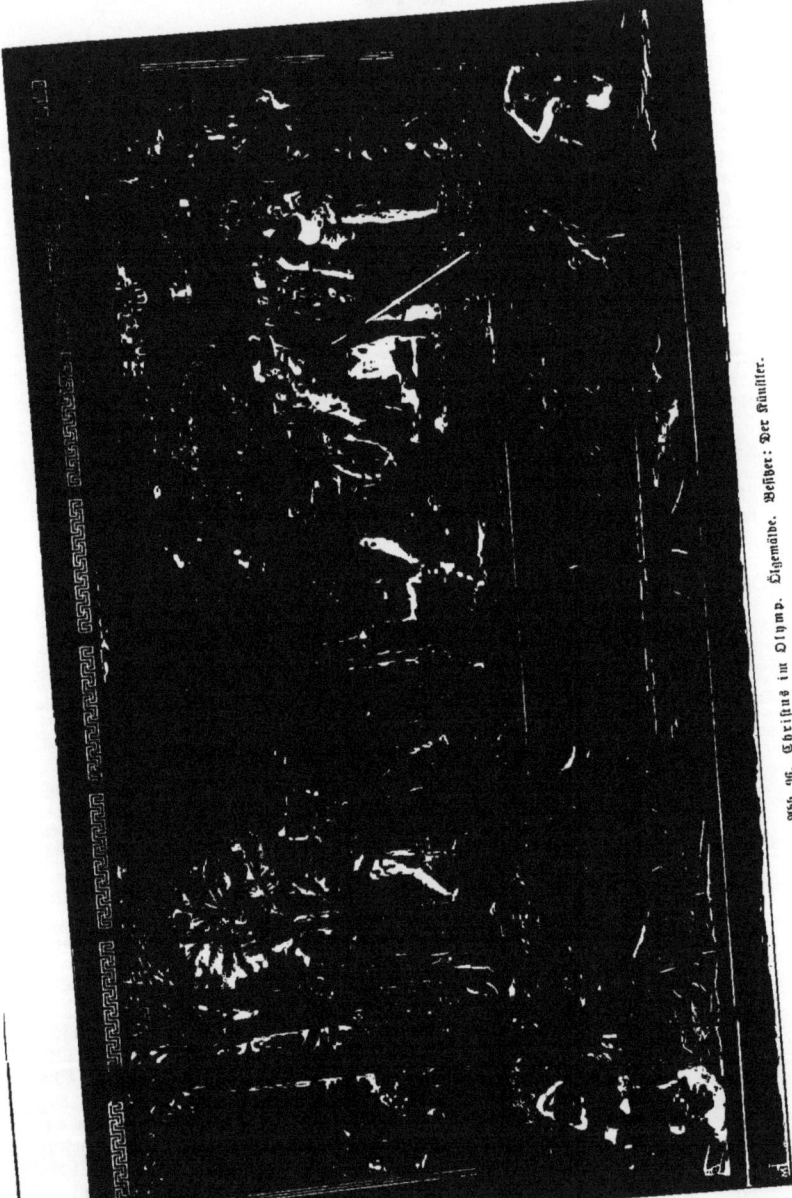

Abb. 96. Christus im Olymp. Ölgemälde. Weißer: Der Künstler.

und das Volk der Satyrn und Bacchanten im Gefolge des Dionysos tollt in alter Heiterkeit. Ganymed wendet sich scherzend zum Vater Zeus, und vielleicht zum erstenmale hat der Alte keine Lust, die Liebkosungen zu erwidern. Denn entsetzt blickt er auf den blonden Heiligen, dessen sanfte die volle Schale als Willkomm dar. Ahnt der Weinselige nicht, wen er vor sich hat? Jedenfalls weist der Heiland die Gabe kühl von sich. Er kommt nicht als Gast, als Freund.

Nur ein Geschöpf des Olymps wendet sich zu Christus. Psyche, die Seele, sinkt

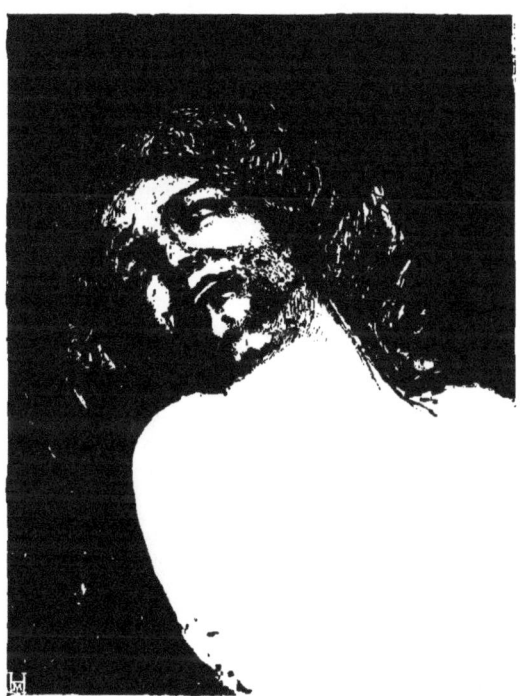

Abb. 97. Mädchenkopf. Federzeichnung. Besitzer: D. Bischoff, München.

Demut den Olympischen den Untergang verkündet, auf den hageren asketischen Mann, der so still, so feierlich, so ernst da vor ihm erscheint. Zweifelnd und staunend betrachtet ihn Hera, die neben Aphrodite und Athena in unschuldiger Nacktheit zur Linken steht, in wunderbarem Gegensatze zu den lang gewandeten strengen Gestalten der Kardinaltugenden. Dionysos aber, der Weingott, tritt heran und bietet Christus ihm zu Füßen, so daß Amor entsetzt zurückfährt und, sich in ihr Gewand dabei verwickelnd, Christum mit seinen Pfeilen bedroht. Nur Psyche, sie, die durch Leiden geläutert und durch alles überwindende Liebe den Hochsitz der Seele im Himmel errungen, nur sie versteht Christi Ankunft, und nur sie zu retten kam er. Auch die ersten Christen nahmen sie ja als Symbol der unsterblichen Seele in ihren Bilderkreis

Abb. 98. Studie. Besitzer: Amsler & Ruthardt, Berlin.

herüber und wandelten zugleich den heidnischen Amor zum Sinnbild der die Seele erlösenden Liebe Christi um. Auf dem linken Flügel tänzeln ein paar nackte Nymphen davon, aber hinter ihnen aus der Tiefe schreien elende Heiden hinauf zu dem Erlöser, zu ihm, der gegen die antike Lehre von der Herrschaft des schönen und starken Übermenschen das neue Evangelium von der Erlösung aller Sünder, der Gleichheit aller Menschen bringt.

In der dunklen Predella blicken wir hinein in den Kampf und Aufruhr, den in der Unterwelt Christi Erscheinen hervorruft. Die Toten raffen sich empor aus ihren Gräbern, und zur Rechten sehen wir unterirdische Mächte, von ihren Fesseln gelöste Titanen, mit Stangen und Keulen bemüht, den in der Unterwelt ruhenden Grundpfeiler vom Marmorthron des Zeus zu untergraben und zu brechen. Diese Predella wird links und rechts von Marmorblöcken flankiert, an denen je eine weibliche Gestalt, wie um Gnade und Erlösung flehend, mit gerungenen Händen sich zeigt. Sind es die Seelen der Weiber, die unter der grausamen Männerherrschaft der antiken Gesellschaftsordnung leiden, die zu Christus, der sie erlösen wird, flehen? Oder klingt in ihnen nur die Stimmung des Ganzen

Abb. 90. Studienkopf. Kreidezeichnung. Besitzer: Der Künstler.

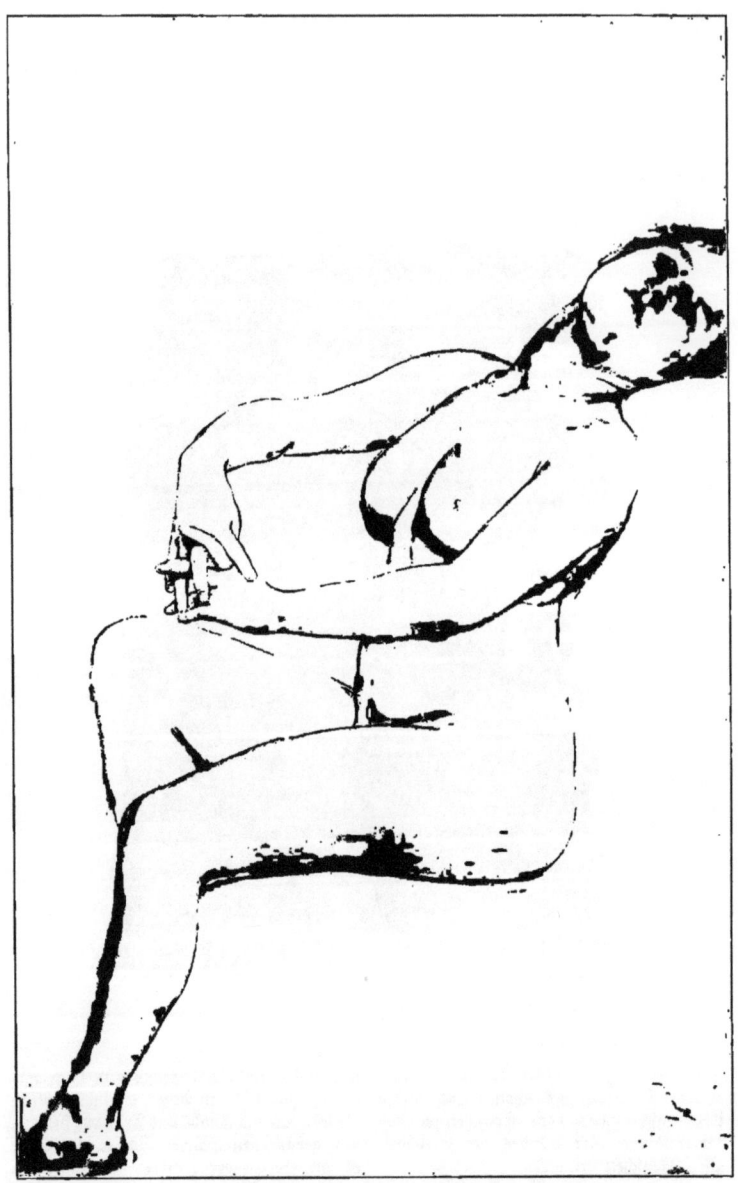

Abb. 100. Studie. Besitzer: Amsler & Ruthardt, Berlin.

aus, Schmerz um das Hinsinken dieser hohen Götterwelt, ringende Sehnsucht nach Erlösung durch den neuen Gott? Rein künstlerisch betrachtet sind es die in geläuterter Form wiederkehrenden plastischen Sockelfiguren vom Parisurteil. Nur viel strenger im Stil und doch so natürlich in der Durchbildung des Fleisches. Besonders die Figur zur Rechten, trotz einzelner Fehler, ist von einer unbeschreiblichen Lebendigkeit, die Starrheit des Steines völlig überwindend, auch in der feinen Magerkeit der Formen weit anziehender, als alle akademisch wohlgerundeten, aber blutleeren Körperschemen.

Die Unterwelt ruht auf einem rotbraunen Marmorsockel, der zum Teil gemalt ist, um dann in wirklichen Stein überzugehen und der auf einem zweiten, großen, herrlich gefärbten Marmorblock aufsetzt. Nach oben hin schließt ein einfacher Mäander, nach links und rechts ein Paar seiner Säulchen das Bild ab.

Aus der Fülle der Gestalten löst sich schließlich doch knapp und klar der Grundgedanke des Werkes. Christus als der Überwinder des Heidentums, als den Erretter der unsterblichen Seele aus der grauen Trostlosigkeit des Hades und der nichtssagenden Anmut der elysäischen Gefilde schildert Klinger. Den Christus, der neben die irdische und körperliche Schönheit der Antike mit ihrem Götterhimmel voll menschlicher Schwachheit die reine seelische Schönheit und den erhabensten Gottesbegriff gestellt hat.

Aber zugleich stellt er uns die Schönheiten der olympischen Landschaft, mit ihren, schon verfallenden und hinwelkenden Göttern doch noch immer verführerisch vor Augen, und die unbefangene Nacktheit der olympischen Göttinnen, die Puttenschar im Palmenwipfel halten Stand neben der edlen Strenge der langgewandeten Tugenden. Christus aber steht dort, als der ernste, erhabene, blondlockige Sieger im Geist, als Christus der Germanen, ohne Heiligenschein und Wundmale, frei von aller Tradition, eine Neuschöpfung, wie auf der Kreuzigung.

Man denke sich dieses Werk am Ende eines langgestreckten, feierlich gehaltenen Raumes, isoliert von allem, was beeinträchtigen könnte, den Weg dorthin von Lorbeerbäumchen eingefaßt. Dann erst, in tempelmäßiger Ruhe, in einem Saale, den antike Schönheit und andachtsvolle Stille schmücken, wird man es voll genießen können. Dann erst sieht man auch, wie gegen den dunklen, mit Figuren gefüllten Sockel in herrlicher antiker Heiterkeit sich strahlend die lichte Landschaft hebt, wie großartig einfach, selbstverständlich und ungekünstelt in den Raum die Figuren hineingestellt sind. Dann erst wirkt, wie die Sonne leuchtend, die helle Heilandsgestalt, zu deren Füßen die zarte Psyche flehend kniet, dann erst empfindet man die ganze Größe und den Ernst dieses Entwurfes, dem mit flüchtiger Kritik, mit kleinlichen Erwägungen nicht beizukommen ist.

Wie wunderlich wirkt vor solchem Bilde die Erinnerung an jene Besprechung, die ein angesehener Münchener Kunstkritiker gab, der es „nicht ohne hervorragendes Talent" fand, und die wunderliche Bemerkung hinzufügte. „Einem Cornelius ist Klinger als Zeichner nicht entfernt gewachsen", um schließlich wohlwollend vor gefährlicher Gedankenmalerei zu warnen. Ob Klinger sich warnen läßt? Ob es nicht das Schicksal gerade der deutschesten und der größten Maler war, mit zunehmender Reife der Erkenntnis immer gedankenvoller zu werden, so gedankenvoll, daß selbst die schlichte Klarheit der Komposition unter der Fülle dieser Gedanken leiden muß? Hat nicht selbst der alternde Goethe, der wie kein anderer in Marmorklarheit die Form abzuschleifen wußte, schließlich diese durch die Überfülle der Gedanken auch wieder zerstört? Hat nicht Beethoven in seiner neunten Symphonie im Suchen nach einer Sprache, die sein gigantisches Empfinden zu fassen vermöchte, den Rahmen der Symphonie mit seinen Chören gesprengt? Sind nicht gerade die tiefst empfundenen Werke deutscher Kunst jenseits von ausgefeilter Abrundung und harmonischer Glätte?

Aber wer Klingers Bild „Olymp" eingehender prüft, wird schließlich erkennen, daß es doch auf ganz wohlerwogenen Prinzipien aufgebaut ist. Zwar die Fesseln der alten Kompositionslehre sind abgestreift, der kunstvolle Gruppenbau, das Hineinführen der Massen und Linien in die Tiefe vermieden. Durch klares ungekünsteltes Nebeneinanderstellen der Gestalten, fast reliefmäßige Einordnung in den Raum, Hervorheben der ruhigen Horizontalen ist ein zugleich natürlicher und monumentaler Stil angestrebt. Nicht die Form ist gesprengt, sondern ein neuer, naturalistischer Stil gefunden. Im einzelnen ist manche kühne Freiheit erkennbar, nicht ängstliche besitzt, hoffentlich noch in so manchem großen Werke uns zum Genusse darbieten.

Wir aber dürfen stolz darauf sein, einen Künstler zu besitzen, der vom Scheitel bis zur Sohle ganz deutsch ist, auch wenn er nicht das Banner der nationalen Phrase schwingt, einen Künstler, neben den in

Abb. 101. Mädchenkopf. Studie. Dresden. Königl. Kupferstichkabinett.

Korrektheit vorwiegend. Jedoch, mir scheint, elegante, zierliche, abgerundete Bilder, daran fehlt es in der deutschen Kunst nicht, aber an ganz großen, in einsamer Gedankenhöhe geschaffenen Werken. Deren können wir nicht genug haben. Und so wird Klinger, unbeirrt durch die Kritik, wachsen, er wird die ungeheure Kenntnis der malerischen und plastischen Erscheinung, die er als einmal fest erworbenes Gut seiner Eigenart keines der anderen Kunstvölker einen gleichen setzen kann. Denn obwohl er jahrelang im Ausland, in Brüssel, Paris und Rom, studierte, obwohl er offenen Auges die Vorzüge der französischen Maltechnik, die Größe altitalienischer Kunst in sich aufnahm, ist Klinger sich selber treu geblieben, mehr als so mancher, der nie über Berlin oder München hinaus kam. Das hat er mit Menzel gemeinsam, daß er

9*

im Weibe nicht die süßen Reize allein schätzt, das Sexuelle nicht betont, sondern auch in seinen Frauenschilderungen herb und verzichtend bleibt, ganz im Gegensatz zu romanischer Kunst. Und das hat er mit Böcklin gemeinsam, daß er, erfüllt von intimster Kenntnis der Natur, doch nicht an ihrer nüchternen Alltagserscheinung haftet, sondern sie poetisch steigert, streng stilisiert, die Wirklichkeit durch die Phantasie neu schafft. Das endlich hat er mit so vielen unserer größten deutschen Künstler gemein, mit Cornelius, mit Rethel, mit Dichtern und Musikern, daß er ein Grübler und Forscher ist, der nicht leichtlebig wie der Romane die Dinge nach ihrem schönen Scheine glänzend schildert, sondern ernsthaft und tiefsinnig ihnen auf den Grund geht, gedankenvoll sich in der Welt und die Welt in sich spiegelt und überraschend selbständig seine Meinung ausspricht.

Darum wird Klinger aber auch manchen, gerade rein künstlerisch Fühlenden stets zu Zweifeln an seiner technischen Meisterschaft Anlaß geben, seine Arbeitsweise einen Zug ins Dilettantische im besten Sinne des Wortes behalten. Wer das Ideal aller Kunst, wie die meisten Romanen, darin sieht, einen festen unabänderlichen Stil der Darstellung aus dem Wesen des Materials heraus zu entwickeln, der wendet sich von Klinger unbefriedigt ab. Bei ihm ist stets alles in Gärung, in Wandlung. Neben höchster Vollendung steht technisch Unzulängliches. Er zeichnet heute noch zuweilen Akte, vor denen auch Anfänger das Gefühl haben, sie würden es besser machen, und daneben solche von überraschender Schönheit, voll intimster Kenntnis der Menschengestalt. Die Färbung seiner polychromen Skulpturen zeigt neben raffinierter Ausbeutung des Materials Ungeschicktes, ebenso die malerische Technik, in der er ganz eigene Wege geht. Selbst die Radierungen mit ihrem Durcheinander von Strichätzung, Aquatinta, Stichel, Roulette und Schabkunst, dem vielfachen Ausschleifen und Nacharbeiten, zeigen alles andere eher, als eine klare Anwendung der Mittel nach erprobten Rezepten. Neben ungeheuerem Raumgefühl in der Landschaft ärgern den Fachmann die stärksten perspektivischen Fehler etwa in den Architekturformen, bei einer unglaublich reizvollen Behandlung der plastischen Körper sichtliche Fehler in den Verhältnissen, Verzeichnungen aller Art. Es fehlt überall das bestechende Virtuosentum, das der Franzose und Italiener in erster Linie kultiviert, und nach dem so mancher wirklich Kunstverständige oft ausschließlich den Wert eines Bildes bemißt.

Ist das ein Unglück? Erniedrigt das Klinger in seinem künstlerischen Range? Ich glaube nicht. Ihm ist der Zweck alles, die Mittel Nebensache. Dem schönen Scheine opfert er niemals etwas. Mag es technisch noch so gelungen sein, er ändert, arbeitet um, bis genau der gewünschte Ausdruck inhaltlich oder formal erreicht, das Problem gelöst ist. Niemals hält er am Gewonnenen fest, immer wieder sucht er sich selbst neue Ausdrucksmittel, häuft, combiniert. Rastlos will er seinen Hilfsmittelkreis erweitern, der Darstellung höchsten Lebens, gewaltigen Empfindens, tiefster Gedanken auf alle Weise nahe kommen. Die Korrektheit der Form ordnet er immer dem Ausdruck, der Empfindung unter, und einen verzeichneten Arm läßt er unter Umständen ruhig stehen, wenn er nur im Ton, in der Art der Bewegung das Erstrebte ausspricht. Liegt nicht in diesem kühnen Suchen und Experimentieren ein höherer Reiz als im glänzenden Virtuosentum? Steht der rastlos Strebende uns nicht näher als der Beharrende? Darf im Ringen nach dem Höchsten nicht das Einzelne untergeordnet werden? Mögen die einen an akademischer Korrektheit, die anderen an virtuoser Sicherheit der Mittel, die dritten an stilvoller Klarheit ihn übertreffen, an die Größe seines Empfindens, den Reichtum seiner Phantasie rührt das nicht. Und wenn wir Klinger an Schärfe des Blickes neben Dürer und Menzel, an Schöpferkraft der Phantasie neben Böcklin stellen dürfen, so hat er vor diesen beiden und vor vielen großen Kunstgenossen eines voraus, was uns fast bange machen und an seiner ewigen Gültigkeit zweifeln lassen könnte: Ihm ward nicht jahrzehntelanges Dulden, Schaffen im Dunkeln, Streben ohne Mitverständnis auferlegt. Von früh auf fand er im engen Kreise Achtung und Bewunderung, innerhalb eines Jahrzehnts wurde er bekannt und heute, da er in rüstiger Schaffenskraft, in der Blüte der Jahre vor uns steht, klingt sein Ruhm weit in die Lande. Seine Werke, soweit sie bisher unverkauft im Atelier blieben, machen sich die Sammler und Museen jetzt streitig, seine radierten Cyklen erleben immer neue Auflagen und sein Name wird wie der Arnold Böcklins auch von denen voll Achtung ausgesprochen, die noch nicht begreifen, was Max Klinger der deutschen Kunst bedeutet.

Seine Kunst ist niemals in dem Sinne volksmäßig wie die eines Ludwig Richter oder Schwind. Die Welt, in der er lebt, ist die des vornehmen, klassisch gebildeten, kritisch empfindenden Mannes, dessen Beobachtung keine Seite menschlichen Lebens und keine Faser der menschlichen Seele entgeht. Er hat nicht Böcklins gewaltige Faust und Böcklins Riesenkunst, die auch

Abb. 102. Klinger, radierend. Ölgemälde von K. Stoeving.
Leipzig. Museum.

Und solcher Ahnungslosen gibt es ja weit mehr als voll Verstehender, nur daß kaum einer heute noch wagt, das zu gestehen, den Mann zu lästern, von dem der Ruf ausgeht, ein geheimnisvoller dunkler Streiter für das Höchste, Ernste, Erhabene, Dämonische, Phantastische in unserer Kunst zu sein, während er selbst doch nach dem Einfachen, Klaren, Strengen ringt.

Allerdings, seine Werke werden immer nur einem engeren Kreise verständlich sein.

dem Einfachsten schließlich imponieren muß, nicht Böcklins geniale, kindliche, absolut naive Märchenphantasie. Ob er die Herrlichkeit der Antike, ob er die modernsten Probleme und die alltäglichsten Scenen schildert, er beobachtet sie von einer gewissen kritischen Höhe herab, ohne daß es der Blutwärme und Wirklichkeit seiner Schöpfungen Eintrag thäte. Die überlegene Satire seiner Ovidischen Rettungen, die klassische Grazie seiner Frühwerke und der feierliche Stil seiner Spätwerke wenden sich immer an den litterarisch und künstlerisch Gebildeten, seine Brahmsphantasie hat dem musikalischen Backfisch nichts zu sagen; vom Tode II ist für die große Masse so wenig genußvoll, wie es Faust zweiter Teil oder Beethovens neunte Symphonie etwa ist. Aber mir scheint, auch mit dieser Einschränkung bleibt Klinger doch immer ein Großmeister moderner deutscher Kunst.

Nicht gerade allzu tief und erschöpfend, aber dem ersten flüchtigen Eindruck auf die ihm noch Fernerstehenden angepaßt, faßt daher A. Stier Klingers Art in den Versen zusammen:

Beim ersten Sehen wunderlich,
Fremdartig und absunderlich,
Doch schaust du ihn dir näher an,
So ist's ein echter deutscher Mann,
In dem aufs schönste sich verband,
Ein reicher Kopf mit der Meisterhand.
Die suchen nun mit kühnem Wagen
Auf eigne Art sich durchzuschlagen.

Köpfchen auf den Rand einer Platte radiert.

In

Theo. Stroefers Kunstverlag

in **Nürnberg** (früher München)

sind erschienen:

Intermezzi

(Opus IV)

12 Original-Radierungen

von

Max Klinger.

Blatt 1: **Bär und Elfe.**
„ 2: **Am Meer.**
„ 3: **Verfolgter Centaur.**
„ 4: **Kämpfende Centauren.**
„ 5: **Mondnacht.**
„ 6: **Bergsturz.**
„ 7: **Simplici Schreibstube.**
Blatt 8: **Simplicius am Grabe des Einsiedlers.**
„ 9: **Simplicius unter den Soldaten.**
„ 10: **Simplicius in der Wald-Einöde.**
„ 11: **Gefallener Reiter.**
Blatt 12: **Amor, Tod und Jenseits.**

Komplett in Mappe M. 35.—. Einzelblätter M. 5.—.

Amor und Psyche

(E.—F. Opus V.)

Ein Märchen des Apulejus

übersetzt von

Reinh. Jachmann.

Illustriert in 46 Original-Radierungen und reich ornamentiert

von

Max Klinger.

In elegantem Pracht-Einbande M. 65.—

AMSLER & RUTHARDT
(Louis Gerhard Meder)
Königl. Hofkunsthandlung.
Berlin W.
Behrenstrasse 29a.

Grösstes Lager sämtlicher noch im Handel befindlicher Original-Radirungen

von

Professor Max Klinger

Verlag seiner beiden letzten hervorragendsten Radirungswerke:

Brahms-Phantasie.
41 Stiche, Radirungen und Steinzeichnungen zu Kompositionen von Johannes Brahms, Ledermappe, Querfolio . . . . . M. 600.—

„**Vom Tode**". **2. Teil** (1. Hälfte bereits erschienen).
Eine Folge von 12 Blättern in Leinwandmappe . . . . . M. 900.—

Preiserhöhung beider Werke demnächst bevorstehend.

Reiche Auswahl von
——— Original-Handzeichnungen ———
des Künstlers.

In neuen Ausgaben bei uns herausgekommen sind folgende Werke:

Opus II: **Rettungen ovidischer Opfer.**
Eine Folge von 15 Blättern in Mappe . . M. 120.—

„ III: **Eva und die Zukunft.**
Eine Folge von 6 Blättern in Mappe . . . . M. 48.—

„ VI: **Paraphrase über den Fund eines Handschuhes.** Cyklus von 10 Kompositionen in Mappe M. 80.—

„ VII: **Drei Landschaften.**
3 Einzelblätter: Die Chaussée, Mondnacht, Sommernachmittag . . . . à M. 60.—

„ VIII: **Ein Leben.**
Cyklus von 15 Blättern in Mappe . M. 120.—

„ XI: **Vom Tode. 1. Teil.**
Eine Folge von 10 Blättern in Leinwandmappe M. 150.—

Vollständiger Klinger-Katalog franko gegen Einsendung von M. —.60 in Briefmarken.